# 「草枕」

## ―夏目漱石の世界―

竹本　公彦
Takemoto Kimihiko

風詠社

# はしがき

今まで漫画評論を中心に原稿を書いてきた。専門が哲学なので、その立場に立って書いた。それはそれで面白い作業であった。この分野の私の作品は、専門家の間では好評だった。それゆえ、この作業は今後も続けて行く予定だ。

だが、少年時代から夏目漱石が好きで、殆どの小説を愛読した。頭の中に私なりの漱石のイメージが出来上がりつつある。それを哲学の立場に立って論文にまとめてみたいと思って、最初に取り組んだのが『三四郎』である。その論文を『三四郎と東京大学』というタイトルで一冊の本にまとめ、二〇一七年の六月に上梓した。その後、二作目『坊ちゃん』を二〇一九年の四月に、そして、このたび『草枕』を書き上げた。

最愛の作家漱石の作品を論じるという作業は楽しい。生涯をかけて漱石のすべての小説を論じたいと思っている。その作業を統合して私の「夏目漱石論」にする予定だ。おそらくは、気の遠くなる仕事になるだろう。だが、漱石の小説は、数十冊本をもって論じる価値はある。

一冊や二冊では、到底論じ尽くせるものではないのだ。

さて、この『草枕』は、私が最初に読んだ夏目漱石の小説だ。中学一年だった。私の組担任・今橋邦泰先生に勧められて夏休みを利用して読んだ。だが、出だしから哲学、芸術、英文学などが登場してきて、中学生には理解を超えた作品だった。けれども、この小説を読んだため、わからないなりに漱石が好きになり、彼の小説に親しむようになったのだ。

夏目漱石の『草枕』には、彼の思想がよく表れている。小説の冒頭と観海寺の大徹和尚との会話は、漱石の東洋思想が詳細に見える。

主人公は画家という設定なので、小説の中では芸術論もうかがえる。この画家「余」は、熊本から現在の金峰山の裾野の山道を歩いて那古井（那古井は架空の地名だが、熊本県にある小天温泉がモデルとされている）という鄙びた温泉宿に向かう。

だが、『草枕』に描写された風景とは異なる。まず、観海寺のモデルとなったような寺は近くにはない。そのような寺が玉名市のはずれにあると聞いて訪ったが、趣は異なり、観海寺を髣髴とはさせない。

蜜柑畑や海は宿の近くにある。漱石は様々な風景の断片を寄せ集めて、この『草枕』を構想したのだ。

さて、余はここの志保田という宿に暫く逗留して、できたら絵を描きたいと考えているが、実際は一枚も描けず、無為に日を過ごす。

だが、この旅（草枕）は無駄ではなく、最後に、ヒロイン那美さんが離別した元の主人を汽車の窓に見たときの「憐れ」の表情が顔一面に現れているのを見て、「**それだ！　それだ！　それが出れば画になりますよ**」（資料P178より）と創作意欲に目覚めるところで小説は終わる。きわめて劇的である。以前から余は、那美さんに自分を描いてほしいと頼まれていたが、イメージが湧かず無為に過ごしていた。絵を描けない画家だったからだ。

『草枕』は、良いモデルがいながら、一枚の絵も描けず苦しむ画家のひとときを書いた小説である。この画家は、絵こそ描かぬが、思想、文化については自説を大いに語る。『草枕』は漱石の虚構だから、この小説に出てくる思想、芸術論、人生哲学、俳句、漢詩などはすべて漱石の創作だ。漱石は『草枕』の中に、自分の思想、文化論を散りばめており、これが素晴らしい。『草枕』は、漱石という作家を知るには良い題材なのだ。この論文に登場する「余」とは『草枕』の語り手のことだ。主人公は那美さんである。この考えに異論もあろうが、私はそのように考えている。なぜか。「余」というからには自分のことだが、漱石がこの小説に出てくるわけではない。「余」という言葉があるだけだ。名前がない。名前がないものはいくら多く出てきても、語り部であって主人公ではないというのが私見である。

私の最初の「夏目漱石論」となった、『三四郎と東京大学』を読んでみれば、三四郎だって、主人公のように見えて、そうではない。あの小説の主人公は、東京帝大だ。『草枕』の「余」は『三四郎』の「三四郎」と同じような語り部だと考えればよい。

目次

# 「草枕」

―夏目漱石の世界―

＊本書では新潮文庫『草枕』（昭和二十五年十一月二十五日発行、平成二十五年十月五日〈一五一刷〉）を参考資料としています。

# 序論

『草枕』の構成は、二つの部分から成り立っている。序文と本文である。序文に相当するのは、冒頭から志保田の那美さんの宿に到着するまでの部分で、本文は、那美さんに出会ってから小説が終わるまでだ。

序文では余の五感を通して作者の哲学、文化、芸術論が綴られている。本文では余と那美さんの交流を中心にして、禅宗を土台にした漱石の宗教論と芸術論が述べられている。観海寺の大徹和尚の指導を受けながら、那美さんと余が禅の機鋒を交えていく描写が下部構造となり、余の絵に対する取り組みが上部構造を形成している。

精神的な理由から絵を描けなくなった画家の余が、大徹和尚の指導を受けながら、那美さんと交際していくうちに、那美さんの行動に触発されて、遂に絵を描く意欲を取り戻していくのである。

那美さんと余の関係は、一見すると複雑な恋物語として読めないこともないが、漱石の真意はそこにはなく、宗教哲学と芸術の関係性、明治後期の文明批評に向けられている。この作品の那美さんや『三四郎』の美禰子やよし子は、小説に彩りを添えているのであって、その生きざまが主要ではない点が、『草枕』と『三四郎』の構成と基本が似ているのである。

これらの小説が書かれた時代の漱石は、宗教哲学、文明批評に関心があって、惚れた、はれたは、作品の色付けに使われているに過ぎない。読者の目を引き、楽しませるために恋模様も描いているのである。それゆえ、理屈っぽい恋愛小説だとか、女性の描写が下手だとか、リアリズムに欠けているなどと否定的な評価を下されるのだ。これらの見解は、漱石の真意を読み間違えている。

漱石の作家としての意図は、そこにはない。彼の真意は、小説という手法をもって、その時代の文化、文明論、彼自身の宗教論、芸術論を語ることにあると指摘したい。

本書で使用する方法論は、本来性と現実性である。本来性は漱石の本音、現実性は、この小説に現れた文章だ。『草枕』では、様々な人物が、思想、人生観、芸術論などを展開する。

冒頭から余の言葉として著名な漱石の人生観が登場する。

山路を登りながら、こう考えた。
智に働けば角が立つ。情に棹させば流される。意地を通せば窮屈だ。兎角に人の世は住みにくい。（資料P5より）

ここに引用した言葉は、現実性で、この背後にある漱石の宗教哲学、禅の思想こそ本来性である。

私は『草枕』の記述を引用しながら、漱石の本音を探りたい。ここに述べられている漱石の思想を読み取る作業をこれから行う。

まず、『草枕』を紐解くと小説としては特異な構成をしていることに気付く。P5～17の「一」の部分は、小説というよりも論文の序論を思わせる。この小説の「序論文」と考えたほうがよい。

ここには、漱石が『草枕』を書く意図、方法論、思想の概説が述べられている。余の他には誰も人物が登場しない。「二」になって初めて茶店の婆さんが描かれている。『草枕』は前置きが非常に長いのだ。西洋文学の影響だろうか。

漱石はここで、余に作者の仏教思想、芸術論を披露させる。仏教思想は彼自身が鎌倉円覚寺で体験した参禅で学んだものが主体だろう。芸術論は少し複雑で、要約すれば、詩と画について論じている。漱石は漢文学（中国文学）に造詣が深い。中国で文学と言えば、まず詩を指す。いわゆる漢詩だ。詩がそれほど文学の中で占める位置が高いのだ。

さて漱石は述べる。

苦しんだり、怒ったり、騒いだり、泣いたりは人の世につきものだ。余も三十年の間それを仕通して、飽々した。飽き飽きした上に芝居や小説で同じ刺激を繰り返しては大変だ。余が欲する詩はそんな世間的の人情を鼓舞する様なものではない。俗念を放棄して、しばらくでも塵界を離れた心持ちになれる詩である。いくら傑作でも人情を離れた芝居はない、理非を絶した小説は少かろう。どこまでも世間を出る事が出来ぬのが彼等の特色である。ことに西洋の詩になると、人事が根本になるから所謂詩歌の純粋なるものもこの境を解脱する事を知らぬ。どこまでも同情だとか、愛だとか、正義だとか、自由だとか、浮世の勧工場にあるものだけで用を弁じている。いくら詩的になっても地面の上を馳けあるいて、銭の勘定を忘れるひまがない。シェレーが雲雀を聞いて嘆息したのも無理はない。

うれしい事に東洋の詩歌はそこを解脱したのがある。採菊東籬下（きくをとるとうりのもと）、悠然見南山（ゆうぜんとしてなんざんをみる）（中国六朝時代の詩人陶淵明〈365～427〉の『飲酒』の一節）、只それぎりの裏に暑苦しい世の中をまるで忘れた光景が出てくる。〈…中略…〉超然と出世間的に利害損得の汗を流し去った心持ちになれる。独坐幽篁裏（ひとりゆうこうのうちにざし）、弾琴復長嘯（きんをだんじてまたちょうしょうす）、深林人不知（しんりんひとしらず）、明月来相照（めいげつきたりてあいてらす）（中国唐代の詩人王維〈699～759〉の『竹里館』の一節）。只二十字のうちに優に別乾坤を建立している。（資料P12より）

漱石は「東洋の詩には思想があるところが素晴らしい」と言っている。ここには陶淵明と王維の詩が紹介されている。

最初の詩の作者は陶淵明である。彼は老子荘子に思想的な影響を受けている。田園詩人と呼ばれ、南山の麓に隠遁生活を送った。老荘思想の重要な概念に「無」がある。この「無」は、無いという意味ではなく、すべてのものをそこから生み出す根源的な性格を持つ「無」である。仏教が後漢時代に中国に受け入れられてから、中国人はインド人の説く「空」の概念が理解できず、老荘の「無」をもって「空」を解釈する。僧肇が出るに及んで初めて、インドの龍樹が説く「中観論」の「空」が理解できるようになった。中国人が「空」の真相を知ったのは僧肇以後だ。かようなわけで、老荘の影響を受けた陶淵明の思想は、当時の仏教思想と近いのである。

後の詩の作者は王維だ。彼は仏教の教えに帰依していた。その詩には仏教の影響が色濃く投影されている。漱石が『草枕』でこの二人の詩を引用したのは、自身が禅に帰依しており、二人の詩の性格に自分の思想との類似性を見ていたのだ。

これは漱石の芸術論になるが、この『草枕』の中で、自作の漢詩、俳句をかなり引用している。余は画家であるにもかかわらず、画は全く描けないのに、漢詩や俳句ならいくらでも水が湧き出るように出てくるところが矛盾していて面白い。画家の余は、小説家漱石の虚構の人物なので、画は描けぬが、詩はいくらでも作れるのだ。作者は絵も描くが、こちらは素人で、詩（文学）はプロなので、次から次へと詩想は湧いてくるのである。

読者は、私がここで、漱石の宗教哲学、芸術論に焦点を当てていることに注目してほしい。「余の芸術論と仏教思想の章」と「那美さんの章」、「余と大徹和尚の章」、「余と那美さんの章」には、漱石の仏教哲学を論じている。

それぞれの章の括りとして、結びがあり、最後の後序は結びをまとめた結論である。各章の中では、漱石の文章を引用して、その意図したところを論じた。

# 一、余の芸術論と仏教思想の章

智に働けば角が立つ。情に掉させば流される。意地を通せば窮屈だ。（資料P5より）

『草枕』の冒頭にあるこの言葉は、まさしく漱石の哲学だ。

漱石は読者に教える。人の世を渡っていくには、智に偏っても、情に溺れても、意地を張ってもいけない。物事にとらわれないで、自然法爾、在るがままに生きていくのがよいと言っている。これは禅の教えに近い。

漱石は明治二十七年（一八九四年）十二月から翌年一月にかけ、円覚寺の釈宗演のもとで参禅している。禅の勉強を体験したのだ。『草枕』は明治三十九年九月に『新小説』に発表しているから、漱石は既に禅宗の教えが何たるかを身を以て知っていたのだ。

このように漱石の処世訓は、英文学者でありながら、東洋思想から学んだのである。『草枕』では次々と東洋思想を紹介する。記述を引用しながら漱石の思想に触れたい。『草枕』は、のっけから漱石の難しい思想が展開されるので戸惑う。初めの部分は、哲学の論文を読まされる気分だ。

次に漱石は宇宙論を展開する。

**人の世を作ったものは神でもなければ鬼でもない。矢張り向う三軒両隣りにちらちらする唯の人である。**（資料P5より）

無造作に書いているように見えるが、キリスト教の宇宙論を否定しているのだ。キリスト教は、神が天地を創造したと説く。漱石はこの世を作ったのは、唯の人だと考えている。彼の信じている禅はどうかといえば、天地人の創造者については触れない。その在りようのみを説く。天地人の在りようは、縁起だというのである。縁起とは仏教用語で、「関係することによってのみ存在する。関わり合うことによって存在する」という意味だ。それ自体で存在しているのではないという意味である。漱石が「**人の世を作ったものは……向う三軒両隣りにちらちらする唯の人である**」と言っているのは、この世が、人と人の関わり合いによって作られたという意味で、これは仏教の原理である縁起と同じ意味だ。

漱石が明治二十七年に鎌倉の円覚寺で釈宗演老師のもとで参禅したことは、既に述べた。このとき釈迦が悟った内容が「縁起である」こと、この「縁起」が仏教の原理だということを学んでいるから、先のような記述になったのだ。「人」という字は、ヒトとヒトの関係を表す形をしている。「ノ」と「ノ」の合わさった形だ。人は一人では生きられない。個然と存在しているのではない（無自性ということ）。他の人と関わり合うことによって存在しているのだ。

漱石は「**兎角に人の世は住みにくい**」と言う。仏教では「人生は苦である」と説いている。同義だ。この住みにくい人生を住みよくするには、「住みにくい所をどれほどか、寛容（くつろげ）て、束の間の命を、束の間でも住みよくせねばならぬ」と言って、そのためには「ここに詩人（文学）という天職が出来て、ここに画家という使命が降る。あらゆる芸術の士は人の世を長閑にし、人の心を豊かにするが故に尊とい」と。これは漱石自身の哲学である。

漱石は詩人と画家が人生をのどかにし、心を豊かにするから尊い使命だと説く。ベートーベンは「音楽は神の啓示である」と言ったそうだが、漱石の言葉と似た表現である。漱石によれば、人の苦しみは、詩と画によって救われるから、文学と美術は「仏からの啓示」であり、仏の救いに相当すると考えているのだ。この二人はドイツ人と日本人であり、キリスト教と仏教、音楽と詩画というように、民族、宗教、芸術の種類は異なるが、芸術は人の心の苦しみを救う力があると認めているという点では共通している。

漱石の芸術論は続く。

> 住みにくき世から、住みにくき煩いを引き抜いて、難有い世界をまのあたりに写すのが詩である。画である。あるは音楽と彫刻である。こまかに云えば写さないでもよい。只まのあたりに見れば、そこに詩も生き、歌も湧く。着想を紙に落さぬとも璆鏘（きゅうそう）の音（玉で作った中国古代の楽器の音）は胸裏に起る。〈…中略…〉この故に無声の詩人には一句なく、無色の画家には尺縑（せつけん）（一尺四方のキャンバスのこと）なきも、かく人世

を観じ得るの点に於て、かく煩悩を解脱するの点に於て、かく清浄界に出入し得るの点に於て、又この不同不二の乾坤（ただ一つの天地のこと）を建立し得るの点に於て、我利私慾の羈絆（きはん）（つなぎとめる）を掃蕩するの点に於て、〈…中略…〉あらゆる俗界の寵児よりも幸福である。（資料P6より）

漱石は住みにくい世から住みにくさを取り除いて、世の中をありのままに写すのが芸術だと言う。さらに深い境地を言えば、「ただ、ありのままの在りようを、ありのままに見れば、そこに詩が生まれ、歌も出来る」と。とどのつまりは、「無声の詩人に一句なく、無色の画家にキャンバスがなくても、人の世のありのままの姿を観て煩悩から解脱すれば、悟ることができるから幸福である」と主張する。芸術を極めることは、仏教的な境地を極めることに通じるというのが漱石の芸術論の究極だ。それゆえ、画家の余は悩んで、なかなか画を描くことができないのだ。この状態は、『草枕』の最後の瞬間まで続くが、あるきっかけで小さな悟りを得て、那美さんを描くことができるようになる。

このように『草枕』は画を描くことができなくなった画家が、転地療養に那古井温泉に来て、那美さんに出会い、「自分を描いてほしい」と所望されるがなかなか描けず、最後にひらめくものがあって自信を取り戻すプロセスを書いた小説だ。

漱石の想像力は豊かだ。雲雀の声を聞き、黄金の菜の花畑を見て、創造と思想を膨らませることができる。人間は時に魂のありかを忘れる。黄金に輝く菜の花を見たとき眼が醒める。魂に向かい合うのだ。雲雀の声を聞いたときに自分の魂がどこにあるかはっきりと自覚する。人は雲雀の声と菜の花の美に出会うことによって、真の自己と再会を果たす。人は常時、自己と向き合っているのではない。きっかけを与えられることによって、真の自己、自己の本来性を意識すると漱石は考えているのである。これは若い頃、円覚寺で釈宗演に教えられたものであろう。漱石は、この小説の冒頭で、彼の仏教思想の神髄を披露している。

『草枕』で、このあたりの文章は難解だが、漱石の思想を理解するには、非常に重要なところだ。この冒頭を読んだだけで、漱石が優れた思想家であることがわかる。漱石は奇をてらい、自己の知識をひけらかして自己を顕示しているのではない。その思想の在りようを述べることによって、その後に述べる漱石の芸術論の糸口を示しているのだ。

余が那美さんを描けないのは、芸術の迷路に迷い込んで自己を見失っているからだ。この冒頭を読めば、そのことが理解できる。『草枕』の最後、あるきっかけによって、この迷いは一挙に覚醒する。禅でいうところの「小さな悟り」を得たのだ。余は那古井に来て那美さんに出会ったことによって、芸術的煩悶の雲が劇的に晴れる。『草枕』は、今までどのように読まれたか、他の人の評価は知らないし興味もないが、私はこの小説が、漱石の哲学を理解するための最高の教材だと思う。

しばらくは路が平で、右は雑木山、左は菜の花の見つづけである。足の下に時々蒲公英を踏みつける。鋸の様な葉が遠慮なく四方へのして真中に黄色な珠を擁護している。菜の花に気をとられて、踏みつけたあとで、気の毒な事をしたと、振り向いて見ると、黄色な珠は依然として鋸のなかに鎮座している。香気なものだ。〈……中略……〉

詩人に憂はつきものかも知れないが、あの雲雀を聞く心持になれば微塵の苦もない。菜の花を見ても、只うれしくて胸が躍るばかりだ。〈……中略……〉こう山の中へ来て自然の景物に接すれば、見るもの聞くものも面白い。面白いだけで別段の苦しみも起らぬ。起るとすれば足が草臥れて、旨いものが食べられぬ位の事だろう。

然し苦しみのないのは何故だろう。只この景色を一幅の画として観、一巻の詩として読むからである。〈…中略…〉この景色が景色としてのみ、余が心を楽ませつつあるから苦労も心配も伴わぬのだろう。自然の力はここに於いて尊とい。（資料P10～11より）

漱石は山道を歩きながら、周りの景色に同化した自分を見て、「雲雀を聞く心持になれば微塵の苦もない」「菜の花を見ても、只うれしくて胸が躍るばかりだ」と言う。禅では「日々是好日」という。そのようになった心境を、具体的な言葉で記したのだ。「こう山の中へ来て自然の景物に接すれば、見るもの聞くものも面白い」という表現も同じ境地を表現したものだ。

漱石は、この日、自然に囲まれて自己を放下した心境に入る。日常生活の煩わしさを突き抜けた心境になっている。かなり奥深い仏教的境地を楽しんでいる。漱石は余という画家をまず、禅の境地に置き、そこから放射する芸術論に立脚して、熊本で描けなかった絵を那古井で描かせようと企図している。これは『草枕』の設計図に描かれたものだろう。

…こうやって、只一人絵の具箱と三脚几を担いで春の山路をのそのそあるくのも全くこれが為めである。淵明、王維の詩境を直接に自然から吸収して、すこしの間でも非人情の天地に逍遥したいからの願。（資料P13より）

…芭蕉と云う男は枕元へ馬が尿（いばり）するのをさえ雅な事と見立てて発句にした。余もこれから逢う人物を――百姓も、町人も、村役場の書記も、爺さんも婆さんも――悉く大自然の点景として描き出されたものと仮定して取こなして見よう。（資料P15より）

ここに漱石の芸術論が披瀝されている。余はこういう観点から画を描きたいのだ。

…左はすぐ山の裾と見える。深く罩める雨の奥から松らしいものが、ちょくちょく顔を出す。出すかと思うと、隠れる。雨が動くのか、木が動くのか、夢が動くのか、何となく不思議な心持ちだ。（資料P16より）

漱石は風景描写の中で、自身の宗教的感覚を披露する。「雨が動くのか、木が動くのか、夢が動くのか、何となく不思議な心持ちだ」とは、興味深い表現だ。「雨と木が動くのは、夢が動くことだ」と言う。木が動くのは、見る人の心が動くのだ。心が動くのは、木の動きに触発されて動く。つまりは、雨、木、夢が自己の心と関わり合って、縁起の在りようだから動くのだ。中国天台の智顗は、個の在りようを「具」とか「即」とか「互具」と言っている。色（物）も心も縁起の在りようをしていると説く（『摩訶止観』より）。つまり色（物）即心、色具心、物と心はお互いに関係する、関わり合うことによって存在していると説いているのだ。

このような在りようを、漱石は、雨や木が動くのは、夢（心）が動くからであり、不思議だと述べているのだ。漱石が『草枕』の風景描写の中で、彼自身の宗教的体験を表現していることが理解できる。

**茫々たる薄墨色の世界を、幾条の銀箭が斜めに走るなかを、ひたぶるに濡れて行くわれを、われならぬ人の姿と思えば、詩にもなる、句にも咏まれる。有体なる己れを忘れ尽して純客**

観に眼をつくる時、始めてわれわれは画中の人物として、自然の景物と美しき調和を保つ。（資料P17より）

ここに漱石の芸術論が述べられている。「有体なる己れを忘れ尽して純客観に眼をつくる時、始めてわれわれは画中の人物として、自然の景物と美しき調和を保つ」と。自己を忘却することによって、自然の風景と自己とが、キャンバスの中で一体となるのだ。自己を忘れ去るというところが禅の思想である。漱石は、円覚寺の釈宗演から「無字の公案」を与えられて、坐禅の中で工夫した体験を持っているようだ。ここでの漱石の芸術論はその延長である。

古代希臘の彫刻はいざ知らず、今世仏国の画家が命と頼む裸体画を見る度に、あまりに露骨な肉の美を、極端まで描がき尽そうとする痕迹が、ありありと見えるので、どことなく気韻に乏しい心持が、今までわれを苦しめてならなかった。然しその折々はただどことなく下品だと評するまでで、何故下品であるかが、解らぬ故、吾知らず、答えを得るに煩悶して今日に至ったのだろう。肉を蔽えば、うつくしきものが隠れる。かくさねば卑しくなる。今の世の裸体画と云うは只かくさぬと云う卑しさに、技巧を留めておらぬ。衣を奪いたる姿を、そのままに写すだけにては、物足らぬと見えて、飽くまで裸体を、衣冠の世に押し出そうとする。服をつけたるが、人間の常態なるを忘れて、赤裸に凡ての権能を附与せんと試みる。十分で事足るべきを、十二分にも、十五分にも、どこまでも進んで、只管に、裸体であるぞと云う感じを強く描出しようとする。技巧がこの極端に達したる時、人はその観者を強うるを陋とする。うつくしきものを、弥が上に、うつくしくせんと焦せるとき、うつくしきものは却ってその度を減ずるが例である。人事に就ても満は損を招くとの諺はこれが為めである。

放心と無邪気とは余裕を示す。余裕は画に於て、詩に於て、もしくは文章に於て、必須の条件である。今代芸術の一大弊竇は、所謂文明の潮流が、徒らに芸術の士を駆って、拘々として随処に齷齪たらしむるにある。裸体画はその好例であろう。〈…中略…〉彼等は嫖客に対する時、わが容姿の如何に相手の瞳子に映ずるかを顧慮するの外、何等の表情をも発揮し得ぬ。年々に見るサロンの目録はこの芸妓に似たる裸体美人を以て充満している。彼等は一秒時も、わが裸体なるを忘るる能わざるのみならず、全身の筋肉をむずつかして、わが裸体なるを観者に示さんさんと力めている。（資料P94～96より）

漱石はフランスの画家は、女性のヌードを最も重要視していると考える。それも露骨な裸体画を精緻に描く傾向があると。この傾向は気韻に乏しいと漱石は見ている。下品だと思うが、それは何物をも隠さずありありと描くところに露骨さ、下品さがあるのだと。女性の裸体は、目の前に存在している那美さんの裸体のように美しい。だが、美しさを見る人に強く媚びるようになると、その美しさは却って減ずる。現代芸術の弊害は、裸体画をありありと描き、観者の欲望に媚びるところにある。漱石は「描き過ぎてはいけない。描き過ぎれば、もはやそれは芸術ではない」と言う。日本人の美意識は奥ゆかしさにある。裸体画といえども節度をわきまえるべきだと主張しているのだ。那美さんの美しい裸体が、温泉の湯気に烟り、朧に霞んで見えるところに、風情を発見しているのだ。

…こうやって、名も知らぬ山里へ来て、暮れんとする春色のなかに五尺の痩躯を埋めつくして、始めて、真の芸術家たるべき態度に吾身を置き得るのである。一たびこの境界に入れば美の天下はわが有に帰する。尺素を染めず、寸縑を塗らざるも、われは第一流の大画工である。技に於て、ミケルアンゼロに及ばず、巧みなる事ラフハエルに譲る事ありとも、芸術家たるの人格に於て、古今の大家と歩武を斉ゅうして、毫も遜る所を見出し得ない。余はこの温泉場へ来てから、未だ一枚の画もかかない。繪の具箱は酔興に、担いできたかの感さえある。人はあれでも画家かと嗤うかもしれぬ。いくら嗤われても、今の余は真の画家である。立派な画家である。こう云う境を得たものが、名画をかくとは限らん。然し名画をかき得る人は必ずこの境を知らねばならん。（資料P151より）

この文章は、余が春宵、観海寺を訪問して大徹和尚に面会したとき、和尚と余が会話した続きである。この折、和尚と余は何気ない会話をした。だが、和尚の話に余は大きな影響を受けた。余は禅の教えの中に芸術家としての在りようを学んだのだ。それは那美さんが、この和尚に参禅して得られたことに匹敵するものであった。この事実は、後で漱石によって明らかにされる。余の禅気の機鋒は格段と鋭くなり、那美さんを追い詰めるまでになる。漱石は、『草枕』の執筆にあたり、冒頭の余の仏教的境地を紹介し、中間で那美さんと余の勝負を紹介する。余は戦うたびに那美さんにあしらわれる。この那美さんの鋭い禅気は大徹和尚の指導によるものであることが余に知れる。余は遂に和尚の門を叩き教えを請い、最後の一瞬に、那美さんの隙を逃さずに仕留めるのだ。

余は常に空気と、物象と、彩色の関係を宇宙で尤も興味ある研究の一と考えている。色を主にして空気を出すか、物を主にして、空気をかくか、又は空気を主にしてそのうちに色と物とを織り出すか。画は少しの気合い一つで色々な調子が出る。この調子は画家自身の嗜好で異なってくる。それは無論であるが、時と場所とで、自ずから制限されるのも亦当然である。英国人のかいた山水に明るいものは一つもない。明るい画が嫌いなのかも知れぬが、よし好きであっても、あの空気では、どうする事も出来ない。同じ英人でもグーダルなどは色の調子がまるで違う。違う筈である。彼は英人でありながら、かつて英国の景色をかいた事がない。彼の画題は彼の郷土にはない。彼の本国に比すると、空気の透明の度の非常に勝っている、埃及又は波斯辺の光景のみを択んでいる。従って彼のかいた画を、始めて見ると誰も驚ろく。英人にもこんな明かな色を出すものがあるかと疑う位判然出来上っている。（資料P151〜152より）

基督は最高度に芸術家の態度を具足したるものなりとは、オスカー・ワイルドの説と記憶している。基督は知らず、観海寺の和尚の如きは、正しくこの資格を有していると思う。趣味があると云う意味ではない。時勢に通じていると云う訳でもない。彼は画と云う名の殆ど下すべからざる達磨の幅を掛けて、よう出来たなどと得意である。彼は画工に博士があるものと心得ている。彼は鳩の眼を夜でも利くものと思っている。それにも関わらず、芸術家の資格があると云う。彼の心は底のない嚢の様に行き抜けである。何にも停滞しておらん。随処に動き去り、任意に作し去って、些の塵滓の腹部に沈澱する景色がない。もし彼の脳裏に一点の趣味を貼し得たならば、彼は之く所に同化して、行屎走尿の際にも、完全たる芸術家として存在し得るだろう。（資料P150より）

漱石は余の思考を通して、真の芸術というものの在りようを論じている。芸術には、技術の他に今一つ必要な要素がある。精神性だ。この精神性とは如何なるものか。「何にも停滞しておらん」こと、何物にもとらわれない自由である。上手いとか下手とか、他人の眼から、他人の評価から、超越した境地になることだ。上手く描きたいという気持ちを捨てたとき、他者の眼を意識しなくなったとき、真の芸術は生まれる。その在りようは、あたかも「底のない嚢の様に行き抜けである」ときのようだ。この比喩は、どこまでも自由な精神状態にあるときに真の芸術は生まれるという意味であり、漱石がそのように考えていることを示している。芸術家は、テクニックだけでは良い作品を生み出せない。何物にもとらわれない絶対的自由の精神性を身につけて、初めて真の芸術家になれる。余が画を描けずに苦悩しているのは、この境地に至れないからなのだ。

漱石は、この点について表現を変えて次のように述べる。

…余の如きは、探偵に屁の数を勘定される間は、到底画家にはなれない。画架に向う事は出来る。小手板を握る事は出来る。然し画工にはなれない。（資料P150〜151より）

## 結び

「余の芸術論と仏教思想の章」は、『草枕』を一個の学術論文とみなすならば、序論に相当する。ここに、漱石がこの作品で語りたいテーマが凝縮されている。ここで展開している理論が、以下終結まで通奏低音として流れ、その高音部が小説を形成しているからだ。

「余と大徹和尚の章」、「那美さんの章」、「余と那美さんの章」では、漱石の仏教思想が具体的に記述され、この章と「漱石の風景描写の章」では、彼の芸術論がうかがえる。漱石は作家なので、得意分野の文学論が展開されると思いきや、余が画家である設定を考慮して美術論を述べている。おそらく、漱石はこの分野の持論を書いてみたいと常々考えていたのではないか。

「余の芸術論と仏教思想」と「漱石の風景描写」の構成は優れている。風景描写の中で、彼の芸術論、仏教思想がうかがえ、単なる風景描写に終始してはいない。

私が彼の風景描写をまとめて一章を設けたのは、この小説の風景描写には、単なる風景描写以上の、漱石の深淵な思想を見るからである。

漱石は「兎角に人の世は住みにくい」と言う。仏教が教えているように、人生は苦だから住みにくいのだ。その住みにくい世の中を住みよくするには、自然法爾の生き方をしなければならない。

漱石は「この世を作ったのは神ではない」とキリスト教の宇宙観を否定している。人世を作っているのは、向こう三軒両隣にちらちらする人だという。人が関わり合って世の中は構成されているという。人の世の在りようは、人と人との関わり合い、仏教で説く縁起の在りようをしているという事実を把捉しており、漱石の宇宙観は仏教の禅の縁起思想の影響を受けていることがわかる。

漱石が鎌倉円覚寺の釈宗演のもとで参禅したことは、彼の小説『門』の中でかなり詳細に書かれている。その折の参禅の体験が『草枕』の漱石の思想表現の基本である。このとき漱石が至った境地は「那美さんの章」に現れる。那美さんは女性であって、漱石自身ではない。だが、那美さんの生き方を通して漱石の仏教思想は描写されている。その事実は、きわめて興味深い。

ここに大徹和尚の言葉を引いて、一言で言えば「人間は日本橋の真中に臓腑をさらけ出して、恥ずかしくない様にしなければ修業を積んだとは云われん」（資料P１４８より）という教えこそが、その神髄だ。那美さんの日常の行為は、その実践だ。だが、凡人の眼には那美さんは単なる気印にしか見えない。この一事を見ても、那美さんが凡庸な女性ではないことが理解できる。

余は大徹和尚の弟子・了念の言葉を聞き、那美さんと幾度か接することによって、那美さんが只者でないことを知る。さらに余は、観海寺の大徹和尚に会うことによって、ほぼ那美さんの真実の在りように気付くのだ。漱石の禅の思想は、余と那美さんとの交流の中で徐々に明らかにされていく。余が体験していく思想の変遷や、那美さんの現在の禅の境地が、漱石の仏教思想の真の在りようである。

漱石の芸術論に触れる。漱石は、この住みにくい人の世を住みよくするために、画があり詩があると言う。これに音楽も加えられよう。かの西洋の楽聖べートーベンは「音楽は神の啓示である」と言ったが、漱石は、画と詩は、人の苦しみを救うための仏の啓示だと考えている。洋の東西、キリスト教と仏教、二人の立場は異なるが、芸術は人生の苦悩を救う力があり、絶対者の啓示であるとの解釈では共通する。その事実を証明してみせたのが『草枕』なのだ。

## 二、漱石の風景描写の章

『草枕』の「一」を読めば、漱石の風景描写の素晴らしいことがわかる。よってこの章に、風景描写の見事なものを集める。この小説で注目してほしいのは、風景描写である。語り部を画家に設定しているだけあって、風景描写には力を入れているし、素晴らしい。いくつか紹介してみるが、その描写が単に優れているというだけではないことを、読者はすぐに理解できるだろう。

まず、熊本から那古井温泉への道中の風景描写。微に入り細に渡っている。

立ち上がる時に向うを見ると、路から左の方にバケツを伏せた様な峯が聳えている。杉か檜か分からないが根元から頂きまで悉く蒼黒い中に、山桜が薄赤くだんだらに棚引いて、続ぎ目が確と見えぬ位靄が濃い。少し手前に禿山が一つ、群をぬきんでて眉に逼る。禿げた側面は巨人の斧で削り去ったか、鋭どき平面をやけに谷の底に埋めている。天辺に一本見えるのは赤松だろう。枝の間の空さえ判然している。〈…中略…〉路は頗る難義だ。（資料P7より）

蒼黒い峯の中に、薄赤い山桜がだんだらに棚引いていると述べている。歩き疲れた余に、ひとときの癒しを与えてくれる風景だ。季節感も鮮やかに描かれている。余の周囲はいかにも静かで、哲学的思考も広がりそうだ。

…ぶらぶらと七曲りへかかる。

忽ち足の下で雲雀の声がし出した。谷を見下したが、どこで鳴いてるか影も形も見えぬ。只声だけが明らかに聞こえる。せっせと忙しく、絶間なく鳴いている。方幾里の空気が一面に蚤に刺されて居たたまれない様な気がする。あの鳥の鳴く音には瞬時の余裕もない。のどかな春の日を鳴き尽くし、鳴きあかし、又鳴き暮らさなければ気が済まんと見える。その上どこまでも登って行く、いつまでも登って行く。雲雀は屹度雲の中で死ぬに相違ない。登り詰めた揚句は、流れて雲に入って、漂うているうちに形は消えてなくなって、只声だけが空の裡に残るのかも知れない。（資料P８より）

静寂を破るのが雲雀であるところがよい。現在の山道のように車の音では味気ない。雲雀の鳴き声を「せっせと忙しく、絶間なく鳴いている」と表現する。余はこの鳴き方を「のどかな春の日を鳴き尽くし、鳴きあかし、又鳴き暮らさなければ気が済まん」と聞いている。雲雀は短い生涯を鳴き通しに鳴いて終えると。

巌角を鋭どく廻って、按摩なら真逆様に落つる所を、際どく右へ切れて、横に見下すと、菜の花が一面に見える。雲雀はあすこへ落ちるのかと思った。いいや、あの黄金の原から飛び上がってくるのかと思った。次に落ちる雲雀と、上る雲雀が十文字にすれ違うのかと思った。最後に、落ちる時も、上る時も、また十文字に擦れ違うときにも元気よく鳴きつづけるだろうと思った。春は眠くなる。〈…中略…〉時には自分の魂の居所さえ忘れて正体なくなる。只菜の花を遠く望んだときに眼が醒める。雲雀の声を聞いたときに魂のありかが判然する。雲雀の鳴くのは口で鳴くのではない。魂全体が鳴くのだ。魂の活動が声にあらわれたもののうちで、あれ程元気のあるものはない。ああ愉快だ。こう思って、こう愉快になるのが詩である。（資料P8、9より）

春は眠くなる。時には自分の魂の在りかさえ見失って正気をなくすが、雲雀の声を聞き、一面の菜の花の鮮やかな黄色を目にしたとき、自己の魂の在りかに気付くのだ。雲雀は口で鳴くのではない。魂全体が鳴くのだと定義付ける。余はひとしきり雲雀の鳴き声を聞いて、この鳥の実相と生涯に思いを馳せるのだ。

…こう山の中へ来て自然の景物に接すれば、見るものも聞くものも面白い。面白いだけで別段の苦しみも起らぬ。起るとすれば足が草臥れて、旨いものが食べられぬ位の事だろう。

然し苦しみのないのは何故だろう。只この景色を一幅の画として観、一巻の詩として読むからである。（資料P10～11より）

ここには漱石の哲学が披露されている。雲雀の声を聞くと苦がなくなり、菜の花を見れば胸が躍る。自然の景色に接すれば面白く苦も起こらないと、画家にしては宗教的な境地が披露されている。だが、このような境地に居ながら、あるいは居るからこそ、実はこの画家は絵が描けないのだ。

次に観海寺の裏にある鏡が池の土手に自生している椿の描写を紹介する。漱石は、花について、菜の花、椿、木蓮、木瓜の描写をしている。菜の花は別にして、木蓮と木瓜に、漱石は、仏の悟りの世界の美を見出している。咲いた満開の花を透かして、青い空や月光が望めるのが良いという。木蓮と木瓜の花の咲きように、美しく胸を打つリズムが感じられるのだ。

他方、深山椿は、花と葉が群がって、空も月も見通せない。葉と花の奥は闇である。余は、この椿を眺めていると、この世ならざる重苦しい、不吉な印象を受ける。妙な圧迫感を覚える。あたかも地獄の底に沈んでいくような苦しい心持ちになるのだ。

おそらく、木瓜は枝を透かして光の世界が望め、深山椿の奥は闇の世界である。その事実と漱石の好悪が関係しているのだろう。

これはあくまで個人の印象だと言えば、その通りだ。漱石の個人の感情であって、万人がそのように覚えるわけではない。漱石は木蓮と木瓜を仏の花、椿を冥界の花と位置付けているのだ。

だが、鏡が池に咲く深山椿の描写では、他の如何なるところとも文体が異なっている。尋常ではないのだ。漱石は、この花に対して異常な思い入れがあるとしか思えない。ここの描写を詳細に紹介するので、味わってほしい。

漱石は、椿に複雑な感情移入をする。何かこの世ならぬものを椿の花に見ている。漱石にとって椿は、血なまぐさい人の死を連想させるようだ。「向う岸の暗い所に椿が咲いている」（資料P127より）と描写している。漱石には椿の花が日影に咲くというイメージがあるようだ。明るい陽光の中に咲き誇る向日葵とは対照的だ。椿はいかにも人生の裏側を示唆しているように、漱石には思えるのだ。

…椿の葉は緑が深すぎて、昼見ても、日向で見ても、軽快な感じはない。（資料P127より）

深緑という色は、漱石によれば、重苦しいのだ。

…この椿は〈…中略…〉花がなければ、〈…中略…〉気のつかない所に森閑として、かたまっている。その花が！　一日勘定しても無論勘定し切れぬ程多い。（資料P127より）

おびただしく群がって咲くところが、不気味なのだ。

唯鮮かと云うばかりで、一向陽気な感じがない。ぱっと燃え立つ様で、思わず、気を奪られた。〈…中略…〉あれ程人を欺す花はない。余は深山椿を見る度にいつでも妖女の姿を連想する。黒い眼で人を釣り寄せて、しらぬ間に、嫣然たる毒を血管に吹く。欺かれたと悟った頃は既に遅い。（資料P127より）

椿のことを妖女のように人を騙す花であると断言している。そして「余は、ええ、見なければよかったと思った」（資料P127より）とまで書いている。漱石にとっては、沈んでいて、毒気がある、恐ろしさを帯びた花なのである。

…人に媚ぶる態もなければ、ことさらに人を招く様子も見えぬ。ぱっと咲き、ぽたりと落ち、ぽたりと落ち、ぱっと咲いて、幾百年の星霜を、人目にかからぬ山陰に落ち付き払って暮している。只一眼見たが最後！　見た人は彼女の魔力から金輪際、免るる事は出来ない。あの色は只の赤ではない。屠られたる囚人の血が、自ずから人の眼を惹いて、自から人の心を不快にする如く一種異様な赤である。

見ていると、ぽたりと赤い奴が水の上に落ちた。静かな春に動いたものは只この一輪である。しばらくすると又ぽたり落ちた。あの花は決して散らない。崩れるよりも、かたまったまま枝を離れる。枝を離れるときは一度に離れるから、未練のない様に見えるが、落ちてもかたまっている所は、何となく毒々しい。又ぽたり落ちる。ああやって落ちているうちに、池の水が赤くなるだろうと考えた。花が静かに浮いている辺は今でも少々赤い様な気がする。〈…中略…〉又一つ大きいのが血を塗った。人魂の様に落ちる。又落ちる。ぽたりぽたりと

落ちる。際限なく落ちる。（資料Ｐ１２７、１２８より）

漱石の鏡が池の椿の描写は、かくも恐ろしいように幻想的である。彼の椿に対する思い入れが強く描写されている。深山椿の花を見つめていて、このように物語を紡ぐことができる才能は素晴らしい。観海寺の木蓮、鏡が池の木瓜の描写と比較してほしい。随分、相違がある。木蓮や木瓜が肯定的な描写に対して、椿は人間の持つ悪業を象徴するように否定的だ。あたかも極楽の花と地獄のそれとの対比を思わせる。きわめて仏教的な描き方であり、漱石の芸術論に仏教の影響が色濃く反映されていることがわかる。この三つの花の在りようは、漱石には仏教なのだ。

漱石はさらに続ける。彼の空想は、椿から那美さんへと移っていく。

こんな所へ美しい女の浮いている所をかいたら、どうだろうと思いながら、元の所へ帰って、又烟草を呑んで、ぼんやり考え込む。温泉場の御那美さんが昨日冗談に云った言葉が、うねりを打って、記憶のうちに寄せてくる。心は大浪にのる一枚の板子の様に揺れる。あの顔を種にして、あの椿の下に浮かせて、上から椿を幾輪も落とす。椿が長えに落ちて、女が長えに水に浮いている感じをあらわしたいが、それが画でかけるだろうか。〈…中略…〉あれか、これかと指を折って見るが、どうも思しくない。矢張御那美さんの顔が一番似合う様だ。然し何だか物足らない。物足らないとまでは気が付くが、どこが物足らないかが、吾ながら不明である。従って自己の想像でいい加減に作り易える訳に行かない。あれに嫉妬を加えたら、どうだろう。嫉妬では不安の感が多過ぎる。憎悪はどうだろう。憎悪は烈げし過ぎる。怒？　怒では全然調和を破る。恨？　恨でも春恨とか云う、詩的のものならば格別、只の恨では余り俗である。色々に考えた末、仕舞に漸くこれだと気が付いた。多くある情緒のうちで、憐れと云う字のあるのを忘れていた。憐れは神の知らぬ情で、しかも神に尤も近き人間の情である。御那美さんの表情のうちにはこの憐れの念が少しもあらわれておらぬ。そこが物足らぬのである。ある咄嗟の衝動で、この情があの女の眉宇にひらめいた瞬時に、わが画は成就するであろう。然し――何時それが見られるか解らない。あの女の顔に普段充満しているものは、人を馬鹿にする微笑と、勝とう、勝とうと焦る八の字のみである。あれだけでは、とても物にならない。（資料p128~130より）

漱石は椿が池の面に、首を折るが如く、ぽたりと落ちる有様に不吉なもの、死を想像する。オフェリアの死、那美さんの死を連想する。憐れの念を浮かべた彼女の死に顔が、余の描きたい那美さんの表情である。だが、現実の那美さんは、一向に憐れの感情を表さないので、余は那美さんを描くことができないのだ。

以下は木瓜の描写だ。漱石はこの花が気に入っている。

…木瓜は面白い花である。枝は頑固で、かつて曲った事がない。そんなら真直かと云うと、決して真直でもない。只真直な短かい枝に、真直な短い枝が、ある角度で衝突して、斜に構えつつ全体が出来上っている。そこへ、紅だか白だか要領を得ぬ花が安閑と咲く。柔かい葉さえちらちら着ける。評して見ると木瓜は花のうちで、愚かにして悟ったものであろう。世間には拙を守ると云う人がある。この人が来世に生れ変ると屹度木瓜になる。余も木瓜になりたい。（資料P158より）

漱石の木瓜（ボケ）の描写は興味深い。「ボケ」というこの花の名を意識している。この花は名前は「ボケ」だが、花や枝は、その名前にふさわしくないほど美しい。「木瓜」と漢字で書いて、「ボケ」と訓付ける。容姿に似つかわしくない呼び名だ。「愚かにして悟った」とは、名と体が矛盾していることを言っているのだ。木瓜は、矛盾が自己同一している。いわゆる悟りの在りようを表している花なのだ。名は体を表すという。木瓜は愚の名を持つが、その美しさ、体は決して愚ではない。親鸞は中年以後、自身を「愚禿」と称した。親鸞のことを「愚」だと思う人はいまい。漱石も、名は愚にして体の美しいこの花が好きなのだ。それゆえ、来世にはきっと木瓜に生まれ変わりたいと書いているのだ。

漱石の花の描写は続く。観海寺の境内に咲く木蓮に及ぶ。椿と木瓜は昼の在りようを描いているが、木蓮は朧月夜に映えている。これまた独特の風情があるのだ。

…庫裏の前に大きな木蓮がある。殆ど一と抱もあろう。高さは庫裏の屋根を抜いている。見上げると頭の上は枝である。枝の上も、亦枝である。そうして枝の重なり合った上が月である。普通、枝があぁ重なると、下から空は見えぬ。花があれば猶見えぬ。木蓮の枝はいくら重なっても、枝と枝の間はほがらかに隙いている。木蓮は樹下に立つ人の眼を乱す程の細い枝を徒らには張らぬ。花さえ明かである。この遥かなる下から見上げても一輪の花は、はっきりと一輪に見える。その一輪がどこまで簇がって、どこまで咲いているか分らぬ。それにも関らず一輪は遂に一輪で、一輪と一輪の間から、薄青い空が判然と望まれる。花の色は無論純白ではない。徒らに白いのは寒過ぎる。専らに白いのは、ことさらに人の眼を奪う巧みが見える。木蓮の色はそれではない。極度の白きをわざと避けて、あたたかみのある淡黄に、奥床しくも自らを卑下している。余は石甃の上に立って、このおとなしい花が累々とどこまでも空裏に蔓る様を見上げて、しばらく茫然としていた。眼に落つるのは花ばかりである。葉は一枚もない。

木蓮の花許りなる空を瞻る

と云う句を得た。（資料P141～142より）

観海寺の境内にある木蓮の木と花の描写である。漱石は余の感想として述べている。殊の外、この木が好きとみえる。木蓮の木は庫裏の屋根よりも高い。頭上に枝が幾重にも重なっているが、ほがらかに空間を作って、空と月が望める。奥ゆかしくやさしい花は、色が淡黄であたたかく、人の眼を奪う巧みさがないところも好ましい。葉は一枚もなく花が累々と重なっているが、程よい空間がある。木蓮は自然法爾に咲き、あたたかく、やさしく、ほがらかである。

この寺は、那美さんが禅を学んでいる大徹和尚が住持をしているから、余は、機鋒鋭い風景かと思っていたが、案に相違して、那美さんの気性とは似ても似つかぬ在りようをしているので、余は意外に思うとともに、庭も、和尚の人となりも、あたたかく、やさしく、ほがらかに感じて、忽ち気に入った。おそらく那美さんの本来性もこのようであろう。那美さんの、余のみに映じた現実性は、禅機鋭く、闘争心が旺盛で、負けず嫌いに見えるが、実は余の誤解ではないかとの疑問も湧く。那美さんの本来性は、観海寺の木蓮のような在りようそのものだろう。

## 結び

漱石の風景描写について、ことさら一章を設けたのは、この小説の中で、大きな意味を持つからだ。ここに描かれた風景が、絵画の背景というよりも、むしろ作者の思想表現を意味しているからである。彼の宗教哲学の一表現形態となっている。転迷開悟を表象している。漱石の花の描写については詳細に論じた。これ以上の説明は蛇足になるかも知れない。漱石が枝を透かして光の空間が望める木瓜や木蓮に惹かれ、木々の奥が闇である深山椿を避けたのは、彼の仏教思想に基づくものであることは既に書いた。

漱石は、風景描写を通してさえ自己の思想の在りようを再確認する。『草枕』では、彼は風景描写を通して自身の思想をさらけ出している。このように『草枕』は、きわめて奥深い小説なのだ。私が風景描写について一章を設けたのは、そのような理由による。

漱石は『草枕』を自身の仏教思想の場に位置付けているが、同時に芸術論をも展開している。興味深いことに、風景描写は、関連性が強いと思われる芸術論を表現するためというよりも、むしろ異質の世界と思われる仏教思想表現の手段に使っていることが、この小説に奥行きを与え、そこに私は惹かれるのだ。

## 二、那美さんの章

「余と那美さんの章」と「那美さんの章」の違いは、前半は余と那美さんの切り結ぶ対決が中心で、後半は那美さんへの噂話などだ。余の見る那美さんと噂の那美さんでは、彼女の評価が随分違っている。噂では那美さんは気違いになっているが、余は惚れた弱みからか、必ずしもそうは考えていない。評価は大いに異なるのだ。

この章では、噂の那美さんを扱う。

御婆さんが云う。「源さん、わたしゃ、お嫁入りのときの姿が、まだ眼前に散らついている。裾模様の振袖に、高島田で、馬に乗って……」

「そうさ、船ではなかった。馬であった。矢張り此所で休んで行ったな、御叔母さん」

「あい、その桜の下で嬢様の馬がとまったとき、桜の花がほろほろと落ちて、折角の島田に斑が出来ました」

余は又写生帖をあける。この景色は画にもなる、詩にもなる。心のうちに花嫁の姿を浮べて、当時の様を想像して見てしたり顔に、

花の頃を越えてかしこし馬に嫁

と書き付ける。不思議な事には衣装も髪も馬も桜もはっきり目に映じたが、花嫁の顔だけは、どうしても思いつけなかった。（資料P25～26より）

二人は、那古井の那美さんが熊本に嫁入りしたときのことを思い出して話している。漱石の文章から当時の花嫁の馬に乗った高島田に振袖の裾模様や、満開の桜がはらはらと散りかかる景色が目に浮かぶ。那美さんは美しいから、余が「さぞ美くしかったろう。見にくればよかった」（資料P27より）と述べた言葉が読者の胸に響く。その景色を想像すると溜息が出る。漱石はこのくだりを書きながら、先の余の発言を添えたのだ。

これから漱石は、具体的に那美さんの近況など、彼女にまつわる物語をする。婆さんは昔から伝わる伝説を交えながら、那美さんの不幸な身の上を巧みに聞かせる。婆さんはなかな

かスマートだ。美人は悲劇的な身の上ほど美しさが増すから、那古井のお嬢さんについては、まず不幸な身の上から話し始める。年の功で婆さんは語り上手だ。

余の言葉がきっかけとなって、余は思いかけず那美さんの知識を仕入れ、この鄙には稀な美女と出会ったときの心の準備ができる。

余は翌日、朝昼兼用の食事の給仕に来た小女郎と、那美さんについて話す。余は那美さんに多大な興味を持っており、少しでも多く那美さんの情報を仕入れたいのだ。小女郎との会話もそっちへ逸れる。余が言う。

「うちに若い女の人が居るだろう」と椀を置きながら、質問をかけた。

「へえ」

「ありゃ何だい」

「若い奥様で御座んす」

〈…中略…〉

「若い奥さんは毎日何をしているかい」

「針仕事を……」

「それから」

「三味を弾きます」

これは意外であった。面白いから又
「それから」と聞いて見た。

「御寺へ行きます」と小女郎は云う。

これは又意外である。御寺と三味線は妙だ。

「御寺詣りをするのかい」

「いいえ、和尚様の所へ行きます」

「和尚さんが三味線でも習うのかい」

「いいえ」

「じゃ何をしに行くのだい」

「大徹様の所へ行きます」

なある程、大徹と云うのはこの額を書いた男に相違ない。この句から察すると何でも禅坊

主らしい。〈…中略…〉
「この部屋は普段誰か這入っている所かね」
「普段は奥様が居ります」（資料P49～51より）

小女郎は口が重く、那美さんは、大徹和尚に教えを受けているらしい。禅の心得があり、頭脳も明晰のようだ。余と俳句で切り結ぶことができるはずだ。田舎の温泉宿のありふれた若女将くらいに見くびって接すると、見事討ち死にすることになる。

…膳を引くとき、小女郎が入口の襖を開たら、中庭の植込みを隔てて、向う二階の欄干に銀杏返しが頬杖を突いて、開化した楊柳観音の様に下を見詰めていた。今朝に引き替えて、甚だ静かな姿である。俯向いて、瞳の働きが、こちらへ通わないから、相好にかほどな変化を来たしたものであろうか。昔の人は人に存するもの眸子より良きはなしと云ったそうだが、成程人焉んぞ廋さんや、人間のうちで眼程活きている道具はない。寂然と倚る亜字欄の下から、蝶々が二羽寄りつ離れつ舞い上がる。途端にわが部屋の襖は開いたのである。襖の音に、女は卒然と蝶から眼を余の方に転じた。視線は毒矢の如く空を貫いて、会釈もなく余が眉間に落ちる。はっと思う間に、小女郎が、又はたと襖を立て切った。（資料P52より）

小女郎が那美さんは、観海寺の大徹和尚のところに（参禅に）通っていることを示唆した。那美さんは、和尚から、禅の機鋒について学んだものとみえる。先の文章にあるように、漱石は一瞬の間に、那美さんの切っ先の鋭さを描写してみせる。「那美さんの毒矢の如き」視線の突きが、「空を貫いて」余の眉間を襲う。小女郎が襖を閉めることによって、余は辛うじて立ち直れた。那美さんの太刀筋の鋭さを、漱石は見事に表現している。

余は今でいう理容院に来ている。散髪と髭剃りだ。ここでも那美さんの情報を得た。理容師の情報は、巷に流布しているものと同様で、那美さんの本質から遠いものだ。

だが、この理容院に頭を剃りに来た観海寺の了念からの情報は、余が印象を受けた那美さんの真実（本来性）に近いものであった。那美さんに関する内容が、天と地ほど違っているところが興味深い。無論、この情報は漱石の創作だから、理容師と余の雑談が読者に理解しやすいように極端に書かれている。


「旦那あ、余り見受けねえ様だが、何ですかい、近頃来なすったのかい」

「二三日前来たばかりさ」

「へえ、どこに居るんですい」

「志保田に逗ってるよ」

「うん、あすこの御客さんですか。大方そんな事たろうと思ってた。実あ、私もあの隠居さんを頼て来たんですよ。〈……中略……〉」

「奇麗な御嬢さんが居るじゃないか」

「あぶねえね」

「何が？」

「何がって。旦那の前だが、あれで出返りですぜ」

「そうかい」

「そうかいどころの騒じゃねえんだね。全体なら出て来なくってもいい所をさ。——銀行が潰れて贅沢が出来ねえって、出ちまったんだから、義理が悪いやね。隠居さんがああしているうちはいいが、もしもの事があった日にゃ、法返しがつかねえ訳になりまさあ」

「そうかな」

「当たり前でさあ。本家の兄たあ、仲がわるしさ」

〈…中略…〉

「旦那あの娘は面はいい様だが、本当はき印しですぜ」

「なぜ」

「なぜって、旦那。村のものは、みんな気狂だって云ってるんでさあ」

「そりゃ何かの間違だろう」

「だって、現に証拠があるんだから、御よしなせえ。けんのんだ」

「おれは大丈夫だが、どんな証拠があるんだい」

〈…中略…〉

「御嬢さんが、どうとか、為た所で頭垢が飛んで、首が抜けそうになったっけ」

「違ねえ、〈…中略…〉そこでその坊主が逆せちまって……」

「その坊主たあ、どの坊主だい」

「観海寺の納所坊主がさ……」

「納所にも住持にも、坊主はまだ一人も出て来ないんだ」

「そうか、急勝だから、いけねえ。苦味走った、色の出来そうな坊主だったが、そいつが御前さん、レコに参っちまって、とうとう文をつけたんだ。――おや待てよ。口説たんだっけかな。いんにゃ文だ。文に違えねえ。すると――こうっと――何だか、行きさつが少し変だぜ。うん、そうか、矢っ張りそうか。するてえと奴さん、驚ろいちまってからに……」

「誰が驚ろいたんだい」

「女がさ」

「女が文を受け取って驚ろいたんだね」

「ところが驚ろく様な女なら、特勝らしいんだが、驚ろくどころじゃねえ」

「じゃ誰が驚ろいたんだい」

「口説いた方がさ」

「口説ないのじゃないか」

「ええ、焦心てえ。間違ってらあ。文をもらってさ」

「それじゃ矢っ張り女だろう」

「なあに男がさ」

「男なら、その坊主だろう」

「ええ、その坊主がさ」

「坊主がどうして驚いたのかい」

「どうしてって、本堂で和尚さんと御経を上げてると、突然あの女が飛び込んで来て――ウフフフ。どうしても狂印だね」

「どうかしたのかい」

「そんなに可愛いなら、仏様の前で、一所に寝ようって、出し抜けに、泰安さんの頸っ玉へかじりついたんでさあ」

「へええ」

「面喰ったなあ、泰安さ。気狂に文をつけて、飛んだ耻を掻かせられて、とうとう、その晩こっそり姿隠して死んじまって……」

「死んだ？」

「死んだろうと思うのさ。生きちゃいられめえ」

「何とも云えない」（資料Ｐ64～66、Ｐ68～70より）

余と床屋の親父の話はおよそこんなものだ。親父は那美さんがいかに狂っているかを述べ、余は冷静に返答している。余は親父の言い分を少しも信用していない。那美さんの真実の姿の凄さを知っているからだ。

…ところへ暖簾を滑って小さな坊主頭が「御免、一つ剃って貰おうか」と這入って来る。白木綿の着物に同じ丸絎の帯をしめて、上から蚊帳の様に粗い法衣を羽織って、頗る気楽に見える小坊主であった。（資料ｐ72より）

名を了念と言い、観海寺に属している。

「痛いがな。そう無茶をしては」

「この位な辛抱が出来なくって坊主になれるもんか」

「坊主にはもうなっとるがな」

「まだ一人前じゃねえ。――時にぁの泰安さんは、どうして死んだんだっけな、御小僧さん」

「泰安さんは死にはせんがな」

「死なねえ？　はてな。死んだ筈だが」

「泰安さんは、その後発憤して、陸前の大梅寺へ行って、修行三昧じゃ。今に智識になられよう。結構な事よ」

「何が結構だい。いくら坊主だって、夜逃をして結構な法はあるめえ。御前なんざ、よく気をつけなくちゃいけねえぜ。とかく、しくじるなぁ女だから――女ってえば、あの狂印は矢っ張り和尚さんの所へ行くかい」

「狂印と云う女は聞いた事がない」

「通じねえ、味噌擂だ。行くのか、行かねえのか」

「狂印は来んが、志保田の娘さんなら来る」

「いくら、和尚さんの御祈祷でもあればかりゃ、癒るめえ。全く先の旦那が崇ってるんだ」

「あの娘さんはえらい女だ。老師がよう褒めておられる」（資料P74〜75より）

那美さんの評価について、床屋の親父と観海寺の了念の見るところは、天と地ほど異なる。どちらが正しいかは言うまでもない。余にはよく理解できた。床屋の親父の話はでたらめな噂話が多い。昔から床屋で話される内容はこんなもので、根拠はなく尾ひれは大きく長く付く。

那美さんには本来性と現実性がある。本来性は禅の教義に相応した行為である。那美さんの行動を司っている心性のようなものだ。那美さんにおいては、本来性と現実性にはそれほど乖離はない。だが、禅の心得がない人が見ると狂気の沙汰と思える。巷の那美さんの評判、悪評がそれだ。この床屋の親父の那美さん評などだ。観海寺の了念は大徹老師の教導を受けているから、那美さんの本来性をよく理解している。禅とは、このように常人の理解を超えたところにある。

大徹和尚の「あの娘さんはえらい女だ」というのが、余の見た那美さんの在りようと一致する。

## 結び

この章では、巷で流布している那美さんの噂について取り上げた。思うに、那美さんには本来性と現実性があって、噂の那美さんは、現実性の端々、尾ひれを人々が自己流に解釈したもので、那美さんの本来性に迫るものは一つもない。人々の眼に映じる那美さんの行為は、無論、那美さんの本来性（真実）から具現したものだ。だが、那美さんの本来性の在りようは、巷の人々には正しく受け止められてはいない。那美さんの境地と、凡人の境地との乖離があり過ぎて、大きな誤解を生じているのだ。大徹和尚、了念、そして余だけが、那美さんが只者でないことを知っている。

漱石の説く那美さんの本来性については「余と那美さんの章」の中で明らかにされる。

余に大徹和尚が説いた言葉「人間は日本橋の真中に臓腑をさらけ出して、恥ずかしくない様にしなければ修業を積んだとは云われん」（資料P１４８より）に禅の境地は集約されている。那美さんはこの言葉のままに行動しているので、巷の人々の誤解を生んでいるのだ。余は和尚からこの言葉を聞いて、那美さんを正しく理解できたのだ。

「那美さんの章」では、禅の修行を行い、ある境地に達した人と、凡人との間には埋められない溝があることを漱石は描いている。彼岸と此岸との距離感だ。漱石は、そこのところを把捉していて、凡人の眼から見た那美さん、禅の修行を積んだ高僧の眼に映じた那美さんを描き分けている。『草枕』は、漱石の禅への関心の強さが生み出した作品だと定義付けてもよい。

料金受取人払郵便

大阪北局
承　認

6123

差出有効期間
2023年5月
31日まで

（切手不要）

郵便はがき

553-8790

018

大阪市福島区海老江5-2-2-710

㈱風詠社

愛読者カード係 行

| | | |
|---|---|---|
| ふりがな<br>お名前 | | 大正　昭和<br>平成　令和　年生　歳 |
| ふりがな<br>ご住所 | □□□-□□□□ | 性別<br>男・女 |
| お電話<br>番　号 | | ご職業 | |
| E-mail | | |
| 書　名 | | |
| お買上<br>書　店 | 都道府県　市区郡 | 書店名　書店<br>ご購入日　年　月　日 |

本書をお買い求めになった動機は？

1. 書店店頭で見て　2. インターネット書店で見て
3. 知人にすすめられて　4. ホームページを見て
5. 広告、記事（新聞、雑誌、ポスター等）を見て（新聞、雑誌名　　　）

風詠社の本をお買い求めいただき誠にありがとうございます。
この愛読者カードは小社出版の企画等に役立たせていただきます。

| 本書についてのご意見、ご感想をお聞かせください。<br>①内容について | |
| --- | --- |
| ②カバー、タイトル、帯について | |
| 弊社、及び弊社刊行物に対するご意見、ご感想をお聞かせください。 | |
| 最近読んでおもしろかった本やこれから読んでみたい本をお教えください。 | |
| ご購読雑誌（複数可） | ご購読新聞<br>新聞 |

ご協力ありがとうございました。

※お客様の個人情報は、小社からの連絡のみに使用します。社外に提供することは一切ありません。

# 四、余と大徹和尚の章

余と観海寺の大徹和尚の出会いは、志保田家の隠居のお茶の席である。隠居は茶道具に凝っており、自慢するために和尚と余と久一を客に招いたのだ。余は逗留中の客だ。久一は隠居の甥で近日、日露戦争に出征することになっている。今生の別れになるかも知れないから、茶の席に呼んで別れを惜しんだのである。余は久一とも初対面だ。彼は少し画をたしなむ。

「観海寺と云うと…」
「観海寺と云うと、わしの居る所じゃ。いい所じゃ、海を一目に見下しての――まあ逗留中に一寸来て御覧。なに、此所からはつい五六丁よ。あの廊下から、そら、寺の石段が見えるじゃろうが」

「いつか御邪魔に上ってもいいですか」

「ああいいとも、何時でも居る。ここの御嬢さんも、よう、来られる。――御嬢さんと云えば今日は御那美さんが見えんようだが――どうかされたかな、隠居さん」

「どこぞへ出ましたかな。久一、御前の方に行きはせんかな」

「いいや、見えません」

「又独り散歩かな、ハハハハハ。御那美さんは中々足が強い。この間法用で礪並まで行ったら、姿見橋の所で――どうも、善く似とると思ったら、御那美さんよ。尻を端折って、草履を穿いて、和尚さん、何を愚図々々、どこへ行きなさると、いきなり、驚かされたて、ハハハハハ。御前はそんな形姿で、地体どこへ、行ったのぞいと聴くと、今芹摘みに行った戻りじゃ、和尚さんに少しやろうかと云うて、いきなりわしの袂へ泥だらけの芹を押し込んで、ハハハハハ」（資料P103より）

この茶席の雑談の中で、大徹和尚は那美さんに触れる。言葉の端々に那美さんの禅の境地が並でないことが知れる。余は和尚の指導で那美さんの禅がかなりのところに至っていることに気付く。そこで、余は観海寺に和尚を訪って、和尚の話を聞いてみたいと思った。幸い時間は有り余るほどある。ある春のおぼろ月夜、余は観海寺を訪れる。ここで素晴らしい木蓮を見ることになった。その後、庫裏に和尚を訪問する。

「御免」

と訪問れる。森として返事がない。

「頼む」

と案内を乞う。鳩の声がくうううくううと聞える。

「頼みまああす」と大きな声を出す。

「おおおおおおお」と遥かの向で答えたものがある。人の家を訪うて、こんな返事を聞かされた事は決してない。やがて足音が廊下へ響くと、紙燭の影が、衝立の向側にさした。小坊主がひょっこりあらわれる。了念であった。

「和尚さんは御出かい」

「居られる。何しに御座った」

「温泉に居る画工が来たと、取次で御呉れ」

「画工さんか。それじゃ御上り」

「断わらないでもいいのかい」

「よろしかろ」

　余は下駄を脱いで上がる。

「行儀のわるい画工さんじゃな」

「なぜ」

「下駄を、よう御揃えなさい。そらここを御覧」と紙燭を差しつける。黒い柱の真中に、土間から五尺ばかりの高さを見計って、半紙を四つ切りにした上へ、何か認めてある。

「そおら。読めたろ。脚下を見よ、と書いてあるが」

「成程」と余は自分の下駄を丁寧に揃える。（資料P１４２〜１４３より）

　了念は小憎であるが、和尚からちゃんと禅の基本を仕込まれていることがわかる。余は一応鎌倉の円覚寺で釈宗演老師に参禅しているが、了念や那美さんにはまだまだ及ばない。

和尚の室は廊下を鍵の手に曲って、本堂の横手にある。障子を恭しくあけて、恭しく敷居越しにつくばった了念が、

「あのう、志保田から、画工さんが来られました」と云う。甚だ恐縮の体である。余は一寸可笑しくなった。

「さようか、これへ」

余は了念と入れ代る。室は頗る狭い。中に囲炉裏を切って、鉄瓶が鳴る。和尚は向側に書見をしていた。

「さあこれへ」と眼鏡をはずして、書物を傍へおしやる。

「了念。りょううねええん」

「ははははい」

「座布団を上げんか」

「はははははい」と了念は遠くで、長い返事をする。

「よう、来られた。さぞ退屈だろ」

「あまり月がいいから、ぶらぶら来ました」

「いい月じゃな」と障子をあける。飛び石が二つ、松一本の外には何もない。平庭の向うは、すぐ懸崖と見えて、眼の下に朧夜の海が忽ち開ける。急に気が大きくなった様な心持である。漁火がここ、かしこに、ちらついて、遥かの末は空に入って、星に化ける積だろう。

「これはいい景色。和尚さん、障子をしめているのは勿体ないじゃありませんか」

「そうよ。しかし毎晩見ているからな」

「何晩見てもいいですよ、この景色は。私なら寐ずに見ています」

「ハハハハ。尤もあなたは画工だから、わしとは少し違うて」

「和尚さんだって、うつくしいと思ってるうちは画工でさあ」

「なる程それもそうじゃろ。わしも達磨の画位はこれで、かくがの。そら、ここに掛けてある、この軸は先代がかかれたのじゃが、中々ようかいとる」

成程達磨の画が小さい床に掛かっている。然し画としては頗るまずいものだ。只俗気がない。拙を蔽おうと力めている所が一つもない。無邪気な画だ。この先代もやはりこの画の様な構わない人であったんだろう。

「無邪気な画ですね」

「わし等のかく画はそれで沢山じゃ。気象さえあらわれておれば……」

「上手で俗気があるのより、いいです」（資料P１４３〜１４５より）

余はプロの画工だが、禅宗の僧侶が描く達磨の絵がただならぬことは理解できる。いくら上手くても、俗なものでは駄目だ。無邪気な画のほうが見る人に感動を与えると知っている。

鉄瓶の口から烟が盛に出る。和尚は茶箪笥から茶器を取り出して、茶を注いでくれる。

「番茶を一つ御上り。志保田の隠居さんの様な甘い茶じゃない」

「いえ結構です」

「あなたは、そうやって、方々あるく様に見受けるが矢張り画をかく為めかの」

「ええ。道具だけは持ってあるきますが、画はかかないでも構わないんです」（資料P１４６〜１４７より）

この雑談の中で最も重要な言葉を、余は和尚から聞く。

「わしが小坊主のとき、先代がよう云われた。人間は日本橋の真中に臓腑をさらけ出して、恥ずかしくない様にしなければ修業を積んだとは云われんてな。あなたもそれまで修業したらよかろ。旅などはせんでも済む様になる」（資料Ｐ１４８より）

日本橋とは、この当時の日本の東京の中心だ。一番の繁華街でもある。そこで「自分のすべてをさらけ出して、恥ずかしくない人間になれ」と言っているのだ。「世間体や見栄などの感情から離れろ」と教えているのだ。那美さんはこの教えを忠実に実行し、彼女自身をさらけ出す勇気を持っているから、未熟な連中からは気印扱いされているのだ。大徹和尚と了念以外に、彼女の本来性を理解できる者はいない。

「ハハハハ。それ御覧。あの、あなたの泊っておる、志保田の御那美さんも、嫁に入って帰ってきてから、どうも色々な事が気になってならん、ならんと云うて仕舞にとうとう、わしの所へ法を問いに来たじゃて。ところが近頃は大分出来てきて、そら、御覧。あの様な訳のわかった女になったじゃて」

「へええ、どうも只の女じゃないと思いました」

「いや中々機鋒の鋭どい女で——わしの所へ修業に来ていた泰安と云う若僧も、あの女の為めに、ふとした事から大事を窮明せんならん因縁に逢着して——今によい智識になるようじゃ」

静かな庭に、松の影が落ちる。遠くの海は、空の光に応うるが如く、応えざるが如く、有耶無耶のうちに微かなる、輝きを放つ。漁火は明滅す。

「あの松の影を御覧」

「奇麗ですな」

「只奇麗かな」

「ええ」

「奇麗な上に、風が吹いても苦にしない」

茶碗に余った渋茶を飲み干して、糸底を上に、茶托に伏せて、立ち上る。

「門まで送ってあげよう。りょううねええん。御客が御帰だぞよ」

送られて、庫裏を出ると、鳩がくううくううと鳴く。

〈……中略……〉

山門の所で、余は二人に別れる。見返えると、大きな丸い影と、小さな丸い影が、石甃の上に落ちて、前後して庫裏の方に消えて行く。（資料P148〜150より）

余はこの夜、和尚と雑談することで、人間の生き様を学んだ。那美さんが日々実践していることと大差はない。修行を積むということは、自分を人前にすべてさらけ出して恥じない覚悟ができることと同義なのだ。これさえあれば、世の中に恐ろしいものはない。後に出てくるが、那美さんは余の前で過去の恥をさらけ出してみせる。その有様を見て、余は那美さんを描く自信を持つ。

## 結び

『草枕』の禅、禅僧の大徹和尚、この和尚について禅を学んでいる那美さんの存在を通して、漱石自身が若い頃、人生の苦悩に煩悶して鎌倉円覚寺の釈宗演老師のもとに参禅したときの体験が、修飾を加えて綴られている。このときの体験は、『門』にも別の形で表現されている。それだけ漱石の胸に響くものであったのだろう。

『門』では、友人の婚約者を奪い取って自分の妻にした主人公が、罪の意識に煩悶して、日の当たる人生の本道から身を引いて、人目に付きにくいわき道に逸れて、愛する妻と二人、人目を避けてひっそりと暮らしていた。ところが、皮肉なことに、弟の交際範囲に妻の、かつての婚約者が現れる。弟はこの人と交際をする。いつ自分たち夫婦のことが、妻の婚約者であった友人に知れるか恐れながら生活を続ける。この心の弱さを克服しようとして禅に頼り、円覚寺に参禅を試みる。だが、主人公は禅の入口を齧っただけで、脱落してしまう。彼にとって禅は厳しく困難な道であり、不倫の苦悩を吹き払ってくれる力にはならなかった。凡人にとって参禅とは、そのような体験をもたらすものであろう。

漱石の参禅の体験は、『門』に綴られたようなものであったかも知れない。これに比べると那美さんは、観海寺の大徹和尚から一本筋の通ったものを得ている。立派である。女性はたくましいと言わねばなるまい。

漱石は、余と大徹和尚の出会いについて多く語ってはいない。だが、余は貴重な体験をした。余が観海寺を訪問した一夜、大徹和尚から「人間は日本橋の真中に臓腑をさらけ出して、恥ずかしくない様にしなければ修業を積んだとは云われん」（資料P148より）という言葉を得た。雑談の中で大徹和尚が語ったこのさりげない教えこそ、余の芸術観に強い影響を与えることになった。

余は画を描けなくなり、この辺鄙な温泉宿那古井に来たのだが、和尚の一語がきっかけになって画が描けるようになったのだ。それは那美さんが偶然、別れた夫の顔を見て、彼女が「日本橋の真中に臓器をさらす」ような生々しい表情を見せたとき、余は「これだ！」と触発されて、絵を描くヒントが得られたのだ。

# 五、余と那美さんの章

やがて長閑な馬子唄が、春に更けた空山一路の夢を破る。憐れの底に気楽な響きがこもって、どう考えても画にかいた声だ。

〈…中略…〉


「はい、今日は」と実物の馬子が店先に留って大きな声をかける。

「おや源さんか。又城下へ行くかい」

「何か買物があるなら頼まれて上げよ」

「そうさ、鍛冶町を通ったら、娘に霊厳寺の御札を一枚もらってきて御呉れなさい」

「はい、貰ってきよ。一枚か。――御秋さんは善い所へ片付いて仕合せだ。な、御叔母さん」

「難有い事に今日には困りません。まあ仕合せと云うのだろか」

「仕合せとも、御前。あの那古井の嬢さまと比べて御覧」

「本当に御気の毒な。あんな器量を持って。近頃はちっとは具合がいいかい」

「なあに、相変らずさ」（資料P23〜25より）

漱石は伏線を張るのが上手い。こうした何気ない描写によって、物語を少しずつ盛り上げていく。是が非でも次が読みたくなるようにするのだ。彼は天性のストーリーテラーだ。物を書くときの設計図はきちんと作るに違いないが、いざ書き始めると、蚕が糸を紡ぐように話が作られていく。百年経っても彼の作品の人気が衰えない理由は、この辺りにあるのだろう。

那古井温泉の宿の若女将である那美さんには、様々な噂がある。茶店の婆さんと馬子の源さんの会話の内容もその一つだ。これは芳しくない那美さんの評判だ。これが真実の那美さんの姿かどうかは、大徹和尚に出会うことによって明らかになる。余が精神的に成長することによって、那美さんのレベルにまで到達するからだ。

さて、余は婆さんが話しやすいように、上手いきっかけを作る。

「さぞ美くしかったろう。見にくればよかった」

「ハハハ今でも御覧になれます。湯治場へ御越しなされば、屹度出て御挨拶をなされましょう」

「はあ、今では里に居るのかい。矢張り裾模様の振袖を着て、高島田に結っていればいいが」

「たのんで御覧なされ。着て見せましょ」

余はまさかと思ったが、婆さんの様子は存外真面目である。非人情の旅にはこんなのが出なくては面白くない。（資料P27より）

横を向くと、床にかかっている若冲の鶴の図が目につく。これは商売柄だけに、部屋に這入った時、既に逸品と認めた。若冲の図は大抵精緻な彩色のものが多いが、この鶴は世間に気兼なしの一筆がきで、一本足ですらりと立った上に、卵形の胴がふわっと乗かっている様子は、甚だ吾意を得て、飄逸の趣は、長い嘴のさきまで籠っている。〈…中略…〉

すやすやと寐入る。（資料P33より）

那古井温泉の那美さん家の宿の蒲団に横たわって、まず、観海寺の大徹和尚の額を見た後、若冲の鶴の一筆書きを見た。余は画家であるから、この世迷な画家の鶴の画が正真正銘の本物だと気付いた。画に若冲ならではの筆使い、味を読み取ったのだ。若冲を無造作に、日頃那美さんが使っている部屋に掛けているなぞ、この家が物持ちだったことが知れる。滅多に客がないから、他の部屋は掃除ができてないので、余は那美さんが日頃使っている部屋に案内されたのだ。夜半に那美さんが部屋に私物を取りに入ってくる。余は夢うつつのうちに気付く。

余が寤寐の境にかく逍遥していると、入口の唐紙がすうと開いた。あいた所へまぼろしの如く女の影がふうと現われた。余は驚きもせぬ。恐れもせぬ。只心地よく眺めている。眺めると云うては些と言葉が強過ぎる。余が閉じている瞼の裏に幻影の女が断りもなく滑り込んで来たのである。まぼろしはそろりそろりと部屋のなかに這入る。仙女の波をわたるが如く、畳の上には人らしい音も立たぬ。閉ずる眼のなかから見る世の中だから確とは解らぬが、色の白い、髪の濃い、襟足の長い女である。近頃はやる、ぼかした写真を灯影にすかす様な気がする。

まぼろしは戸棚の前でとまる。戸棚があく。白い腕が袖をすべって暗闇のなかにほのめいた。戸棚が又しまる。畳の波がおのずから幻影を渡し返す。入口の唐紙がひとりでに閉たる。

（資料P40、41より）

これが余と那美さんの出会いだ。漱石らしい素晴らしい場面設定だ。真夜中、余は床に就いている。那美さんは自分の部屋に何かを取に来る。ただ、それだけの小さな出来事だ。月明かりが障子越しに射し込む中で、女の、色の白い、髪の濃い、襟足の長い、白い腕が袖を滑る。

漱石は那美さんの顔には触れていないが、これだけで那美さんの美しさは充分表現できている。余と那美さんとの出会いの描写は素晴らしい。いつまでも印象に残る出会いだ。並の作家なら、余が宿を訪れたとき、那美さんを出迎えさせるだろうが、漱石はそうしなかった。

余が夢うつつの、静まり返った、だが、月光の美しい春の宵に那美さんを登場させた。那美さんの幻影は、余の心を鷲掴みにしたことだろう。

余と那美さんの二回目の出会いは、翌朝の思いがけない場所だ。

浴衣のまま、風呂場へ下りて、五分ばかり偶然と湯壺のなかで顔を浮かしていた。〈…中略…〉

…濡れたまま上って、風呂場の戸を内から開けると、又驚かされた。

「御早う。昨夕はよく寐られましたか」

戸を開けるのと、この言葉とは殆んど同時にきた。人の居るさえ予期しておらぬ出合頭の挨拶だから、さそくの返事も出る違さえないうちに、

「さあ、御召しなさい」

と後ろへ廻って、ふわりと余の脊中へ柔かい着物をかけた。漸くの事「これは難有う……」だけ出して、向き直る、途端に女は二三歩退いた。

昔から小説家は必ず主人公の容貌を極力描写することに相場が極ってる。〈…中略…〉余

と三歩の隔りに立つ、体を斜めに捩じって、後目に余が驚愕と狼狽を心地よげに眺めている女を、尤も適当に叙すべき用語を拾い来ったなら、どれ程の数になるか知れない。然し生れて三十余年の今日に至るまで未だかつて、かかる表情を見た事がない。美術家の評によると、希臘の彫刻の理想は、端粛の二字に帰するそうである。端粛とは人間の活力の動かんとして、未だ動かざる姿と思う。動けばどう変化するか、風雲か雷霆か、見わけのつかぬ所に余韻が縹緲と存するから含蓄の趣を百世の後に伝うるのであろう。世上幾多の尊厳と威厳とはこの湛然たる可能力の裏面に伏在している。動けばあらわれる。あらわるれば一か二か三か必ず始末がつく。〈……中略……〉

ところがこの女の表情を見ると、余はいずれとも判断に迷った。口は一文字を結んで静である。眼は五分のすきさえ見出すべく動いている。顔は下膨の瓜実形で、豊かに落ち付きを見せているに引き易えて、額は狭苦しくも、こせ付いて、所謂富士額の俗臭を帯びている。のみならず眉は両方から逼って、中間に数滴の薄荷を点じたる如く、ぴくぴく焦慮ている。鼻ばかりは軽薄に鋭くもない、遅鈍に丸くもない。画にしたら美しかろう。かように別れ別れの道具が皆一癖あって、乱調にどやどやと余の双眼に飛び込んだのだから迷うのも無理はない。

元来は静であるべき大地の一角に陥欠が起って、全体が思わず動いたが、動くは本来の性に背くと悟って、力めて往昔の姿にもどろうとしたのを、平衡を失った機勢に制せられて、心ならずも動きつづけた今日は、やけだから無理でも動いて見せると云わぬばかりの有様が――そんな有様がもしあるとすれば丁度この女を形容する事が出来る。

それだから軽侮の裏に、何となく人に縋りたい景色が見える。人を馬鹿にした様子の底に慎み深い分別がほのめいている。才に任せ、気を負えば百人の男子を物の数とも思わぬ勢の下から温和しい情けが吾知らず湧いて出る。どうしても表情に一致がない。悟りと迷が一軒の家に喧嘩をしながらも同居している体だ。この女の顔に統一の感じのないのは、心に統一のない証拠で、心に統一がないのは、この女の世界に統一がなかったのだろう。不幸に圧しつけられながら、その不幸に打ち勝とうとしている顔だ。不仕合な女に違ない。（資料P41～44より）

ここで初めて、漱石は那美さんの容貌について触れる。余も茶店の婆さんから、那美さんが器量よしであることは聞き知っていた。だが、実物を見るのは初めてだ。漱石は英文学者だから、あちらの小説家に倣って、人物、風景、心理、歴史などの描写は、具体的で、微に入り細に渡る。この那美さんの顔の描写も、くどいほど詳細だ。これとは直接関係ないが、鏡が池の椿の描写は那美さんの顔の数倍も詳しい。漱石はここぞというときは筆まめになるようだ。

「この女の顔に統一の感じのないのは、心に統一のない証拠で、心に統一がないのは、この女の世界に統一がなかったのだろう」、「表情に一致がない。悟りと迷が一軒の家に喧嘩をしながらも同居している」、「不幸に圧しつけられながら、その不幸に打ち勝とうとしている顔だ」、「不仕合な女に違ない」と仏教的哲学的に那美さんの顔を見ながら、彼女の在りようを不幸だと断定している。人の顔をこのような角度から考えるのはいかにも漱石らしい。

興味深い記述をしている。那美さんの顔を哲学的に思考しているのだ。並の女ならここまでの描写はするまい。那美さんが余にとって特別な存在だから、このような筆運びになったのだ。ここから判断すると、漱石は、那美さんの女としての魅力を描くのではなく、人間性に触れていくという予告をしていると考えてよい。

朝の風呂場で那美さんと再会して、着物をはおらせてもらった後、次のように続く。

「難有う」と繰り返しながら、一寸会釈した。
「ほほほほ御部屋は掃除がしてあります。往って御覧なさい。いずれ後程」と云うや否や、ひらりと、腰をひねって、廊下を軽気に馳けて行った。頭は銀杏返に結っている。白い襟がたぼの下から見える。（資料P44より）

余は、初対面では、那美さんの体の一部分だけを障子越しの月光で見ただけであった。だが、今朝は風呂場で突然、余自身だけ裸で、那美さんは着衣姿で再会した。まだ尋常な状態のときでの対面はない。今回は、那美さんの容姿を明瞭に見て、性格までも判断することができた。那美さんはこの作品の主人公だから、漱石は容姿の描写を微に入り細に渡って書く。漱石らしいところは、心理的、哲学的、性格的、仏教的にまで及んでいることだ。

具体的に顔の描写に触れる。

口は一文字を結んで静である。眼は五分のすきさえ見出すべく動いている。顔は下膨の瓜実形で、豊かに落ち付きを見せている〈…中略…〉富士額の俗臭を帯びている。〈…中略…〉眉は両方から逼って、中間に数滴の薄荷を点じたる如く、ぴくぴく焦慮（じれ）ている。鼻ばかりは〈…中略…〉画にしたら美しかろう。かように別れ別れの道具が皆一癖あって、乱調にどやどやと余の双眼に飛び込んで来たのだから迷うのも無理はない。

元来は静であるべき大地の一角に陥欠が起って、全体が思わず動いたが、動くは本来の性に背くと悟って、力めて往昔の姿にもどろうとしたのを、平衡を失った機勢に制せられて、心ならずも動きつづけた今日は、やけだから無理でも動いて見せると云わぬばかりの有様が――そんな有様がもしあるとすれば丁度この女を形容する事が出来る。（資料P43～44より）

漱石は那美さんの顔の部分については、人相見のような表現をしている。概ね心理的性格的な分析をしているが、顔全体の印象については、もはや人相見の領域を超えて、哲学的仏教的ですらある。

元来は静であるべき大地の一角に陥欠が起って、全体が思わず動いたが、動くは本来の性に背くと悟って、力めて往昔の姿にもどろうとしたのを、平衡を失った機勢に制せられて、心ならずも動きつづけた今日は、やけだから無理でも動いて見せると云わぬばかりの有様が——そんな有様がもしあるとすれば丁度この女を形容する事が出来る。（資料P43〜44より）

長い文章の引用になった。ここに記述されているのは、一言で言えば、奈美さんの顔の在りようは、「矛盾の絶対的な自己同一」であるということだ。顔の部分部分はバラバラで、何ら統一が取れていない。だが、美しいのは、不統一の中に、奈美さんの意思の力で統一がなされているからだ。眼も、口も、眉も、鼻も、額も、顔の輪郭も、それ自体はバラバラで矛盾した在りようだが、これが那美さんの本来性によって統一を作り上げているのだ。

「動くは本来の性に背くと悟って」というのは仏教的表現だが、現実に動いている姿は、それ自身の意思で動いているのではない。動いているものがあるということは、本来、動かぬものがあることを予想させる。那美さんの表情が動いているということは、動いているものが顕現されて、静かである本来性が冥伏しているからだ。見えているものが動いているから、それだけが存在して、見えていないものは存在していないのではない。どちらも存在しており、在りようが異なっているだけだ。

那美さんの表情、顔の作りは、目に見えているものだけではない。眼に見えない意思のようなもの（本来性）があって、その力で統一が取れているのである。後に出てくる文章でわかることだが、那美さんにはそれだけのコントロールする力がある。

一人の女性の顔をこのように見るのは画家の眼に違いないが、表現が形而上的だ。読者には煩わしいが、那美さんの顔の表情を正確に描けば、こうとしか言えないのだ。くどくどしい筆遣いだが、的を射た描写で、さすがは漱石である。

寒い。手拭を下げて、湯壺へ下る。（資料P88より）

余は湯槽のふちに仰向の頭を支えて、透き徹る湯のなかの軽き身体を、出来るだけ抵抗力なきあたりへ漂わして見た。ふわり、ふわりと魂がくらげの様に浮いている。世の中もこんな気になれば楽なものだ。分別の錠前を開けて、執着の栓張をはずす。どうともせよと、湯泉のなかで、湯泉と同化してしまう。流れるもの程生きるに苦は入らぬ。流れるもののなかに、魂まで流していれば、基督の御弟子となったより難有い。（資料P90より）

漱石は入浴の楽しみを、単に感覚的でなく、仏教的に記述している。余がそのような心境なのだ。湯の中に身体を漂わせると、自分の魂がくらげになったようにふわりと漂う。「分別の錠前を開けて、執着の栓張をはずす」とは、仏教で説くところの、世の中の善し悪しの、貧富といった差別、分別を忘れ、執着を離れて心を放てきして、自由に生きれば、苦しみを忘れるということだ。この心境は、キリストの弟子になったよりも有難い心境であると述べている。温泉に浸かって「ああ極楽だ！」と言っているのだ。

話が急に生臭くなる。

成程この調子で考えると、土左衛門は風流である。スウィンバーンの何とか云う詩に、女が水の底で往生して嬉しがっている感じを書いてあったと思う。余が平生から苦にしていた、

ミレーのオフェリヤも、こう観察すると大分美しくなる。（資料P90より）

…突然風呂場の戸がさらりと開いた。

誰か来たなと、身を浮かしたまま、視線だけを入口に注ぐ。湯槽の縁の最も入口から、隔たりたるに頭を乗せているから、槽に下る段々は、間二丈を隔てて斜めに余が眼に入る。然し見上げたる余の瞳にはまだ何物も映らぬ。しばらくは軒を遶る雨垂の音のみが聞える。三味線は何時の間にか已んでいた。

やがて階段の上に何者かあらわれた。広い風呂場を照すものは、只一つの小さき釣り洋燈のみであるから、この隔りでは澄切った空気を控えてさえ、確と物色はむずかしい。况して立ち上がる湯気の、濃かなる雨に抑えられて、逃場を失いたる今宵の風呂に、立つを誰とは固より定めにくい。一段を下り、二段を踏んで、まともに、照らす灯影を浴びたる時でなくては、男とも女とも声は掛けられぬ。

黒いものが一歩を下へ移した。踏む石は天鵞絨の如く柔かと見えて、足音を証にこれを律すれば、動かぬと評しても差支ない。が輪廓は少しく浮き上がる。余は画工だけあって人体の骨格に就ては、存外視覚が鋭敏である。何とも知れぬものの一段動いた時、余は女と二人、この風呂場の中に在る事を覚った。（資料P93〜94より）

余が入っている風呂に那美さんが入ってくるという、余にとって衝撃的な事件が起こった。偶然ではない。那美さんは確信犯だ。今回も余の機先を制したのだ。那美さんが風呂場の戸を開けてから、階段を下りてくるまでの様子を詳細に記述する。漱石の筆は遅々としている。美味しいものはゆっくり最後に食べたいという読者の心理に応えてくれる。漱石が那美さんの魅力的な裸体をどのように美しく描くか、興味は尽きない。

注意をしたものか、せぬものかと、浮きながら考える間に、女の影は遺憾なく、余が前に、早くもあらわれた。漲ぎり渡る湯烟りの、やわらかな光線を一分子毎に含んで、薄紅の暖かに見える奥に、漾わす黒髪を雲とながして、あらん限りの脊丈を、すらりと伸した女の姿を見た時は、礼儀の、作法の、風紀のと云う感じは悉く、わが脳裏を去って、只ひたすらに、うつくしい画題を見出し得たとのみ思った。（資料P94より）

今余が面前に娉婷と現われたる姿には、一塵もこの俗埃の眼に遮ぎるものを帯びておらぬ。常の人の纏える衣装を脱ぎ捨てたる様と云えば既に人界に堕在する。始めより着るべき服も、振るべき袖も、あるものと知らざる神代の姿を雲のなかに呼び起したるが如く自然である。

室を埋むる湯烟は、埋めつくしたる後から、絶えず湧き上がる。春の夜の灯を半透明に崩し拡げて、部屋一面の虹霓の世界が濃かに揺れるなかに、朦朧と、黒きかとも思わるる程の髪を暈して、真白な姿が雲の底から次第に浮き上がって来る。その輪廓を見よ。

頸筋を軽く内輪に、双方から責めて、苦もなく肩の方へなだれ落ちた線が、豊かに、丸く折れて、流るる末は五本の指と分れるのであろう。ふっくらと浮く二つの乳の下には、しばし引く波が、又滑らかに盛り返して下腹の張りを安らかに見せる。張る勢を後ろへ抜いて、勢の尽くるあたりから、分れた肉が平衡を保つ為めに少しく前に傾く。逆に受くる膝頭のこのたびは、立て直して、長きうねりの踵につく頃、平たき足が、凡ての葛藤を、二枚の蹠に安々と始末する。世の中にこれ程錯雑した配合はない、これ程統一のある配合もない。これ程自然で、これ程柔らかで、これ程抵抗の少い、これ程苦にならぬ輪廓は決して見出せぬ。

しかもこの姿は普通の裸体の如く露骨に、余が眼の前に突きつけられてはおらぬ。凡てのものを幽玄に化する一種の霊氛のなかに髣髴として、十分の美を奥床しくもほのめかしているに過ぎぬ。片鱗を潑墨淋漓の間に点じて、虬竜の怪を、楮毫の外に想像せしむるが如く、芸術的に観じて申し分のない、空気と、あたたかみと、冥邈なる調子とを具えている。六々三十六鱗を丁寧に描きたる竜の、滑稽に落つるが事実ならば、赤裸々の肉を浄洒々に眺めぬうちに神往の余韻はある。余はこの輪廓の眼に落ちた時、桂の都を逃れた月界の嫦娥が、彩虹の追手に取り囲まれて、しばらく躊躇する姿と眺めた。

輪郭は次第に白く浮きあがる。今一歩を踏み出せば、折角の嫦娥が、あわれ、俗界に堕落するよと思う刹那に、緑の髪は、波を切る霊亀の尾の如くに風を起して、莽と靡いた。渦捲く烟りを劈いて、白い姿は階段を飛び上がる。ホホホホと鋭どく笑う女の声が、廊下に響いて、静かなる風呂場を次第に向へ遠退く。余はがぶりと湯を呑んだまま槽の中に突立つ。

（資料P96〜97より）

余と那美さんの五回目の切り合いだ。今回のシチュエーションは、変わった場所である。

温泉場の風呂の中だ。余が風呂に入って芸術について思いにふけっている。そこに那美さんが切り込んでくる。余は風呂に浸かっているから、無論裸だ。那美さんは、余が裸であることは承知である。脱衣所に余の衣類が脱いであるのを見た。那美さんも裸になって風呂に来る。裸と裸の対決を目論んでいるのだ。

結論から言えばこの勝負も余の負けだ。余は油断していた。相手の女は裸だ。余が裸でいるのを知った上で一糸も纏わずに来たのだから、余は、フランスの画家の裸体画論など興味深いことを余裕で思考している。この芸術論については後に触れる。余が裸体美について思いふけっている間、那美さんは、その神々しいばかりに白く美しい裸体を、惜しげもなく余の眼に晒している。那美さんは裸の勝負を挑んでいる。彼女は油断なく、絶えず、自分の間と余の間とを常に測っている。余の瞳に、色欲の色がちらと浮かんだ刹那、那美さんは、白く美しい身体をひるがえして階段を駆け上がり、廊下をホホホホと笑いながら遠退いて行く。那美さんのホホホホという笑い声は、勝利の勝鬨だ。余はがぶりと湯を呑んだまま槽の中に突っ立って、敗北を認めた。

どだい、裸で勝負を挑んできた女に勝てるはずはない。宿の若女将であるという地の利もある。余が西洋の裸体画についてあれこれ考えにふけっている最中であったという天の時も那美さんに味方した。那美さんは、天の時、地の利、そして美しい裸体であるという、天地人の利が揃っていたのだ。勝負の行方は自ずと明白である。

大徹和尚の説によれば、那美さんは、離婚して帰ってきた当初は、人の噂が気になってならないと悩んでいたが、和尚のもとに参禅するに及び、一皮剥けたのだ。他人の眼を意識した行動をするのではなく、他人が期待する演技をするのではなく、自然法爾に振る舞うようになった。大徹和尚の先代が説く「**人間は日本橋の真中に臓腑をさらけ出して、耻ずかしくない様にしなければ修業を積んだとは云われん**」（資料P148より）という言葉の如く振る舞うようになったのだ。

余はまだ、この境地に至っていないので、那美さんの挙措を多少芝居じみていると考える。那美さんの、このあるがままの行為を地元の人々は、気印だの、狂気だのと見ているが、余は、那美さんと切り合うことによって、彼女が只者でないことに気付く。そして大徹和尚に出会って、那美さんの真の姿、本来性を知る。

日常現れる那美さんは、本来性からの発現だが、本来性そのものではないので現実性である。それゆえ、この現実性は、本来性の顕現したものだ。今では余は那美さんのことをここまで知ることができるようになった。あと一、二度、那美さんと手合わせすれば、余は一指報いることができるという感触を持つに至る。

余は先程から、群青の海が見える木瓜の樹の下に寝転んでいる。

寐返りをして、声の響いた方を見ると、山の出鼻を回って、雑木の間から、一人の男があらわれた。

茶の中折れを被っている。中折れの形は崩れて、傾く縁の下から眼が見える。眼の恰好はわからんが、慥かにきょろきょろときょろつく様だ。藍の縞物の尻を端折って、素足に下駄がけの出で立ちは、何だか鑑定がつかない。野生の髯だけで判断すると正に野武士の価値はある。

男は岨道を下りるかと思いの外、曲り角から又引き返した。もと来た路へ姿をかくすかと思うと、そうでもない。又あるき直してくる。この草原を、散歩する人の外に、こんなに行きつ戻りつするものはない筈だ。然しあれが散歩の姿であろうか。又あんな男がこの近辺に住んでいるとも考えられない。男は時々立ち留る。首を傾ける。又は四方を見廻わす。大いに考え込む様にもある。人を待ち合せる風にも取られる。何だかわからない。

余はこの物騒な男から、ついに吾眼をはなす事が出来なかった。別に恐しいでもない、又画にしようと云う気も出ない。只眼をはなす事が出来なかった。右から左、左から右と、男に添うて、眼を働かせているうちに、男ははたと留った。留ると共に、又ひとりの人物が、余が視界に点出された。

二人は双方で互に認識した様に、次第に双方から近付いて来る。余が視界は漸々縮まって、原の真中で一点の狭き間に畳まれてしまう。二人は春の山を脊に、春の海を前に、ぴたりと向き合った。

男は無論例の野武士である。相手は？　相手は女である。那美さんである。

余は那美さんの姿を見た時、すぐ今朝の短刀を連想した。もしや懐に呑んでおりはせぬかと思ったら、さすが非人情の余もただ、ひやりとした。

男女は向き合うたまま、しばらくは、同じ態度で立っている。動く景色は見えぬ。口は動かしているかも知れんが、言葉はまるで聞えぬ。男はやがて首を垂れた。女は山の方を向く。顔は余の眼に入らぬ。

山では鶯が啼く。女は鶯に耳を借して、いるとも見える。しばらくすると、男が屹と、垂れた首を挙げて、半ば踵を回らしかける。尋常の様ではない。女は颯と体を開いて、海の方に向き直る。帯の間から頭を出しているのは懐剣らしい。男は昂然として、行きかかる。女は二歩ばかり、男の踵を縫うて進む。女は草履ばきである。男の留ったのは、呼び留められたのか。振り向く瞬間に女の右手は帯の間へ落ちた。あぶない！

するりと抜け出たのは、九寸五分かと思いの外、財布の様な包み物である。差し出した白い手の下から、長い紐がふらふらと春風に揺れる。

片足を前に、腰から上を少しそらして、差し出した、白い手頸に、紫の包。これだけの姿勢で充分画にはなろう。

紫で一寸切れた図面が、二三寸の間隔をとって、振り返る男の体のこなし具合で、うまい按排につながれている。不即不離とはこの刹那の有様を形容すべき言葉と思う。女は前を引く態度で、男は後えに引かれた様子だ。しかもそれが実際に引いてもひかれてもおらん。両者の縁は紫の財布の尽くる所で、ふつりと切れている。

二人の姿勢がかくの如く美妙な調和を保っていると同時に、両者の顔と、衣服には飽まで、対照が認められるから、画として見ると一層の興味が深い。

脊のずんぐりした、色黒の、髯づらと、くっきり締った細面に、襟の長い、撫肩の、華奢姿。ぶっきら棒に身をひねった下駄がけの野武士と、不断着の銘仙さえしなやかに着こなした上、腰から上を、おとなしく反り身に控えたる痩形。はげた茶の帽子に、藍縞の尻切り出立ちと、陽炎さえ燃やすべき櫛目の通った鬢の色に、黒繻子のひかる奥から、ちらりと見せた帯上の、なまめかしさ、凡てが好画題である。

男は手を出して財布を受け取る。引きつ引かれつ巧みに平均を保ちつつあった二人の位置は忽ち崩れる。女はもう引かぬ、男は引かりょうともせぬ。心的状態が絵を構成する上に、かほどの影響を与えようとは、画家ながら、今まで気がつかなかった。

二人は左右へ分かれる。双方に気合がないから、もう画としては、支離滅裂である。雑木林の入口で男は一度振り返った。女は後をも見ぬ。すらすらと、こちらへ歩行てくる。やがて余の真正面まで来て、

「先生、先生」

と二声掛けた。これはしたり、何時目付かったろう。

「何です」

と余は木瓜の上へ顔を出す。帽子は草原へ落ちた。

「何をそんな所でして入らっしゃる」

「詩を作って寐ていました」

「うそを仰しゃい。今のを御覧でしょう」

「今の？　今の、あれですか。ええ。少々拝見しました」

「ホホホホ少々でなくても、沢山御覧なさればいいのに」

「実の所は沢山拝見しました」

「それ御覧なさい。まあ一寸、こっちへ出て入らっしゃい。木瓜の中から出ていらしゃい」

余は唯々として木瓜の中から出て行く。

「まだ木瓜の中に御用があるんですか」

「もう無いんです。帰ろうかとも思うんです」

「それじゃ御一所に参りましょうか」

「ええ」

余は再び唯々として、木瓜の中に退いて、帽子を被り、絵の道具を纏めて、那美さんと一所にあるき出す。

「画を御描きになったの」

「やめました」

「ここへ入らしって、まだ一枚も御描きなさらないじゃありませんか」

「ええ」

「でも折角画をかきに入らしって、些とも御かきなさらなくっちゃ、詰りませんわね」

「なに詰ってるんです」

「おやそう。なぜ？」

「何故でも、ちゃんと詰まるんです。画なんぞ描いたって、描かなくったって、詰る所は同じ事でさあ」

「そりゃ洒落なの、ホホホホ随分呑気ですねえ」

「こんな所へくるからには、呑気にでもしなくっちゃ、来た甲斐がないじゃありませんか」

「なあに何処に居ても、呑気にしなくっちゃ、生きている甲斐はありませんよ。私なんぞは、今の様な所を人に見られても耻かしくも何とも思いません」（資料P160～165より）

大徹和尚の先師のお教えに「人間は日本橋の真中に臓腑をさらけ出して、耻ずかしくない様にしなければ修業を積んだとは云われん」（資料P148より）という言葉があるが、那美さんの念頭にはこの言葉があるようだ。


「思わんでもいいでしょう」

「そうですかね。あなたは今の男を一体何だと御思いです」

「そうさな。どうもあまり、金持ちじゃありませんね」

「ホホホ善く中りました。あなたは占いの名人ですよ。あの男は、貧乏して、日本に居られないからって、私に御金を貰いに来たのです」

「へえ、どこから来たのです」

「城下から来ました」

「随分遠方から来たもんですね。それで、何所へ行くんですか」

「何でも満州へ行くそうです」

「何しに行くんですか」

「何しに行くんですか。御金を拾いに行くんだか、死にに行くんだか、分りません」

この時余は眼をあげて、ちょと女の顔を見た。今結んだ口元には、微かなる笑の影が消えかかりつつある。意味は解せぬ。

「あれは、わたくしの亭主です」

迅雷耳を掩うに遑あらず、女は突然として一太刀浴びせかけた。余は全く不意撃を喰った。無論そんな事を聞く気はなし、女も、よもや、此所まで曝け出そうとは考えていなかった。

「どうです、驚ろいたでしょう」と女が云う。

「ええ、少々驚ろいた」

「今の亭主じゃありません、離縁された亭主です」（資料P１６５〜１６６より）

那美さんは、大徹和尚の教えを守り、「日本橋の真中（東京の中心、すなわち日本の中心）に臓腑をさらけ出して」いる心境だ。余の前に、自己の善も悪もすべてさらけ出している。相当な禅境地に達している。余が今の腕前で、彼女を打ち負かすことは、僥倖に恵まれねば、できかねるだろう。余とは人間としての覚悟が違う。ここまで自分をさらけ出せる境地は、並ではない。絶えず切り結んでいる余には、彼女の禅機の機鋒の鋭さがひしひしと伝わってくる。

「なる程、それで……」
「それぎりです」（資料P１６６より）

川舟で久一さんを吉田の停車場まで見送る。舟のなかに坐ったものは、送られる久一さんと、送る老人と、那美さんと、那美さんの兄さんと、荷物の世話をする源兵衛と、それから余である。（資料P１６８〜１６９より）

川幅はあまり広くない。底は浅い。流れはゆるやかである。舷に倚って、水の上を滑って、どこまで行くか、春が尽きて、人が騒いで、鉢ち合せをしたがる所まで行かねば已まぬ。腥き一点の血を眉間に印したるこの青年は、余等一行を容赦なく引いて行く。運命の縄はこの青年を遠き、暗き、物凄き北の国まで引くが故に、ある日、ある月、ある年の因果に、この青年と絡み付けられたる吾等は、その因果の尽くる所までこの青年に引かれて行かねばならぬ。因果の尽くるとき、彼と吾等の間にふっと音がして、彼一人は否応なしに運命の手元まで手繰り寄せらるる。残る吾等も否応なしに残らねばならぬ。頼んでも、もがいても、引いていて貰う訳には行かぬ。

舟は面白い程やすらかに流れる。左右の岸には土筆でも生えておりそうな。土堤の上には柳が多く見える。まばらに、低い家がその間から藁屋根を出し。煤けた窓を出し。時によると白い家鴨を出す。家鴨はがあがあと鳴いて川の中まで出て来る。

柳と柳の間に的皪と光るのは白桃らしい。とんかたんと機を織る音が聞える。とんかたんの絶間から女の唄が、はああい、いようう――と水の上まで響く。何を唄うのやら一向分らぬ。

「先生、わたくしの画をかいて下さいな」と那美さんが注文する。久一さんは兄さんと、しきりに軍隊の話をしている。老人はいつか居眠りをはじめた。

「書いてあげましょう」と写生帖を取り出して、

春風にそら解け繻子の銘は何

と書いて見せる。女は笑いながら、

「こんな一筆がきでは、いけません。もっと私の気象の出る様に、丁寧にかいて下さい」

「わたしもかきたいのだが。どうも、あなたの顔はそれだけじゃ画にならない」

「御挨拶です事。それじゃ、どうすれば画になるんです」

「なに今でも画には出来ますがね。只少し足りない所がある。それが出ない所をかくと、惜しいですよ」

「足りないたって、持って生れた顔だから仕方がありませんわ」

「持って生れた顔は色色になるものです」

「自分の勝手にですか」

「ええ」

「女だと思って、人をたんと馬鹿になさい」

「あなたが女だから、そんな馬鹿を云うのですよ」

「それじゃ、あなたの顔を色々にして見せて頂戴」

「これ程毎日色々になってれば沢山だ」

女は黙って向をむく。川縁はいつか、水とすれすれに低く着いて、見渡す田のもは、一面のげんげんで埋っている。鮮やかな紅の滴々が、いつの雨に流されてか、半分溶けた花の海は霞のなかに果しなく広がって、見上げる半空には崢嶸たる一峯が半腹から微かに春の雲を吐いている。

「あの山の向うを、あなたは越して入らしった」と女が白い手を舷から外へ出して、夢の様な春の山を指す。（資料P171〜173より）

愈現実世界へ引きずり出された。汽車の見える所を現実世界と云う。汽車程二十世紀の文明を代表するものはあるまい。何百と云う人間を同じ箱へ詰めて轟と通る。情け容赦はない。詰め込まれた人間は皆同程度の速力で、同一の停車場へとまってそうして、同様に蒸滊の恩沢に浴さねばならぬ。人は汽車に乗ると云う。余は積み込まれると云う。人は汽車で行くと云う。余は運搬されると云う。汽車程個性を軽蔑したものはない。文明はあらゆる限りの手段をつくして、個性を発達せしめたる後、あらゆる限りの方法によってこの個性を踏み付け様とする。一人前何坪何合かの地面を与えて、この地面のうちでは寐るとも起きるとも勝手にせよと云うのが現今の文明である。同時にこの何坪何合の周囲に鉄柵を設けて、これよりさきへは一歩も出てはならぬぞと威嚇かすのが現今の文明である。何坪何合のうちで自由を擅にしたものが、この鉄柵外にも自由を擅にしたくなるのは自然の勢いである。憐むべき文明の国民は日夜にこの鉄柵に噛み付いて咆哮している。文明は個人に自由を与えて虎の如く猛からしめたる後、これを檻穽の内に投げ込んで、天下の平和を維持しつつある。この平和は真の平和ではない。動物園の虎が見物人を睨めて、寐転んでいると同様な平和である。檻の鉄棒が一本でも抜けたら――世は滅茶滅茶になる。第二の仏蘭西革命はこの時に起るであろう。個人の革命は今既に日夜に起りつつある。北欧の偉人イプセンはこの革命の起るべき状態に就て具さにその例証を吾人に与えた。余は汽車の猛烈に、見界なく、凡ての人を貨物同様に心得て走る様を見る度に、客車のうちに閉じ籠められたる個人と、個人の個性に寸毫の注意をだに払わざるこの鉄車とを比較して、――あぶない、あぶない。気を付けねばあぶないと思う。現代の文明はこのあぶないで鼻を衝かれる位充満している。おさき真闇に盲動する汽車はあぶない標本の一つである。

停車場前の茶店に腰を下ろして、蓬餅を眺めながら汽車論を考えた。（資料P174〜176より）

漱石が、この汽車論を最後に論じているのは興味深い。余は画工だ。批評家でも、学者でも、政治家でもない。その余が、個人の自由を、個性を圧殺する汽車論を、なぜ長々と論じるのか考えてみたい。無論漱石は『草枕』の結びに汽車論を持ってきた。読んでみると、一見、二十世紀の文明を否定しているようにも見える。だが、単にそれを論じているのではない。

二十世紀になって、カッコ付で個人の自由は認められた。この自由は、動物園の檻の中において許されている虎の自由に似ている。国家の権益という枠をはめられた自由だ。余たちの現在の状況を考えてみよう。

日露戦争（明治三十七〜三十八年）に召集されて出征する久一さんを汽車の駅まで見送りに来ているのだ。それにもかかわらず、余は、この戦争について一言も自己の意見を論じていない。この戦争では、多くの日本兵が戦死した。その尊い犠牲の上に、『草枕』（明治三十九年九月）の戦後はある。久一さんは召集されて、熊本の第六師団に配属される。この師団は、日本最強と謳われている。日露戦争では、野津道貫大将の第四軍に属し、山東半島に上陸して北上、沙河の会戦（明治三十八年一月）を戦って功績を残した。激戦地を転戦したので戦死者も多い（日露戦争の日本軍の戦死者は八万八千人余）。この小説の舞台は、明治三十七〜三十八年頃と思われるので、おそらく久一の第六師団は、最強の敵に対抗する最前線に配備され、激しい戦闘を強いられ、多くの戦死者を出すことだろう。久一さんも、那美さんが言ったように死ぬかも知れないが、彼のその後は書かれていない。だが、相手は強国ロシアだから、彼自身も、漠然と自分は戦死するかも知れないと感じていたのではないか。だが、「生きて帰りたい」とか「死ぬのが怖い」などと言うことが許されるような時代ではなかった。

『三四郎』で、廣田先生が「（日本は将来）亡びるね」と云ったとき、——熊本でこんなことを口に出せば、すぐ擲ぐられる。わるくすると国賊取扱にされる」（新潮文庫『三四郎』P23、平成二十八年一五三刷より）と三四郎が言う箇所がある。この小説の舞台、熊本とはそういう土地柄だ。時は日露戦争中だから、余といえども、あからさまに日露戦争に反対と述べることは憚られるのだ。漱石は五高の教授（明治二十九〜三十三年）をしていたから、熊本県人の気質は知っている。だから、久一さんの出征の場面でも、あからさまに日露戦争に触れることは憚ったのである。その代用として、二十世紀初頭の文明批判、アンチ汽車論を展開したのだと思う。

国家権力が個人の権利を制限するところ、二十世紀初頭の文明が、真の個人の自由と権利を圧殺すると主張していることは、日露戦争に国民を総動員させることが、国家の方針であると示唆している。余が考える汽車は、国家権力の象徴で、乗客は国民を示唆している。汽車は、人を物と見なして、決まった方向へ運ぶ。客が降りられるのは停車場だけである。客に自由はないと漱石は考えているのだ。

じゃらんじゃらんと号鈴が鳴る。切符は既に買うてある。

「さ、行きましょ」と那美さんが立つ。

「どうれ」と老人も立つ。一行は揃って改札場を通り抜けて、プラットフォームへ出る。号鈴がしきりに鳴る。

轟と音がして、白く光る鉄路の上を、文明の長蛇が蜿蜒て来る。文明の長蛇は口から黒い烟を吐く。

「愈御別かれか」と老人が云う。

「それでは御機嫌よう」久一さんが頭を下げる。

「死んで御出で」と那美さんが再び云う。

「荷物は来たかい」と兄さんが聞く。

蛇は吾々の前でとまる。横腹の戸がいくつもあく。人が出たり、這入ったりする。久一さんは乗った。老人も兄さんも、那美さんも、余もそとに立っている。

車輪が一つ廻れば久一さんは既に吾等が世の人ではない。遠い、遠い世界へ行ってしまう。その世界では烟硝の臭いの中で、人が働いている。そうして赤いものに滑って、無暗に転ぶ。空では大きな音がどどんどどんと云う。これからそう云う所へ行く久一さんは車のなかに立って無言のまま、吾々を眺めている。吾々を山の中から引き出した久一さんと、引き出された吾々の因果はここで切れる。もう既に切れかかっている。（資料P１７６〜１７８より）

漱石は用心深く日露戦争の本質を描写している。国が国民の思想、自由を鉄檻の中に囲い込んでいるこの時節では、これ以上あからさまに現実の姿を描くことはできない。真相は、あの強国ロシアとの地上の戦闘では苦戦は必死であった。戦力は日本三十万人、ロシア五十万人。戦死者は日本八万八千四百二十九人、ロシア八万一千二百十人。捕虜は日本千八百人、ロシア七万九千人である。日本は大きな犠牲を払って優勢に戦ったのである。戦死者は日本がロシアより七千人多く、捕虜はロシアが七万七千人多い（Wikipediaより）。日本人は圧倒的に多くの戦死者を出しながら、わずか千八百人の捕虜しか出していない。日本兵がいかに勇敢に戦ったか、そして、日本軍の指揮官がいかに兵の命を粗末に扱ったかがよくわかる。これは、彼我の兵力の差の大きさ、国民の犠牲的精神の違いにもよる。日本兵が多くの犠牲を出した一因は、旅順攻略をした第三軍（軍司令官乃木希典大将）が、多くの戦死者を出したことにもよる。

久一さんが戦死者の数に入ったかどうかはわからない。書かれていないから不明だ。

…車の戸と窓があいているだけで、御互の顔が見えるだけで、行く人と留まる人の間が六尺ばかり隔っているだけで、因果はもう切れかかっている。

車掌が、ぴしゃりぴしゃりと戸を閉てながら、此方へ走って来る。一つ閉てる毎に、行く人と、送る人の距離は益遠くなる。やがて久一さんの車室の戸もぴしゃりとしまった。世界はもう二つに為った。（資料P178より）

漱石は「世界はもう二つに為った」と書いているが、この表現は、現世と冥界、生と死の二つの世界に、余らと久一さんが、汽車の戸によって強制的に引き離されたことを示唆している。今生の別れを、こう表現しているとも読める。悲しい現実を淡々と描いているのだ。

…老人は思わず窓側へ寄る。青年は窓から首を出す。

「あぶない。出ますよ」と云う声の下から、未練のない鉄車の音がごっとりごっとりと調子

を取って動き出す。（資料P１７８より）

「未練のない鉄車の音」とは、文明の利器の非情さを批判しているのだ。

…窓は一つ一つ、余等の前を通る。久一さんの顔が小さくなって、最後の三等列車が、余の前を通るとき、窓の中から、又一つ顔が出た。

茶色のはげた中折帽の下から、髯だらけな野武士が名残り惜気に首を出した。そのとき、那美さんと野武士は思わず顔を見合せた。鉄車はごとりごとりと運転する。野武士の顔はすぐ消えた。那美さんは茫然として、行く汽車を見送る。その茫然のうちには不思議にも今までかつて見た事のない「憐れ」が一面に浮いている。

「それだ！　それだ！　それが出れば画になりますよ」

と余は那美さんの肩を叩きながら小声に云った。余が胸中の画面はこの咄嗟の際に成就したのである。（資料P１７８より）

漱石は最後にドラマチックな展開を用意していた。

余は那美さんの表情に何かが足りないと考えている。その何かが、元亭主の髯面を思いがけず見かけたとき、那美さんに浮かんだ。余は那美さんに足りなかった「憐れ」な表情を見た突端、画の着想が湧いた。これで余は、那美さんから頼まれていた「私を描いて」という願いを叶えることができる。同時に、長い間、描けなかった画を描けるようになったのだ。

なぜ、それまで那美さんの表情に「憐れ」の表情が浮かばなかったのだろうか。その縁がなかったに過ぎない。漱石は、余が木瓜の木の下に寝転んで、那美さんと髭の野武士の出会いを見ていたとき、ひょっとしたら、那美さんの顔に「憐れ」が現れていたかも知れない。野武士は那美さんに満州に行く旅費を無心していた。没落した姿を見せていたのだ。この再会に、那美さんは「憐れ」を感じたはずだ。だが、その表情は一瞬で、微かだったため、このとき余は見落としたのかも知れない。この再会の場面は、最後のシーンの伏線だ。これがあって、那美さんが、汽車の窓に野武士の顔を認識したとき、顔一面に「憐れ」の表情を浮かべたのである。

余は那美さんとの勝負で、那美さんが自身の本来性を意図せず発現させた瞬間、最後に一本取ることができた。まさにハッピーエンドである。

## 結び

「余と那美さんの章」は、『草枕』の評論の結論とも言える内容だ。漱石はこの作品の中で、余と那美さんとの掛け合いを通じて、禅の実践の本質に触れている。那美さんは余と出会ったときには、既に禅の修行でかなりの段階に達していたが、余は未だ禅の何たるかを殆ど理解していなかった。

このようにレベルの異なる者が禅機を交えても、勝負の行方は知れている。那美さんとの勝負に、余は悉く敗れる。この敗戦を通して、余は那美さんの現在の境地がいかにして作られたかに気付く。那美さんが、観海寺の大徹和尚に参禅して、禅の境地を体験してきたゆえであることを、和尚に出会うことによって知る。

ある春の宵、余は満開の木蓮が月光に輝く観海寺に大徹和尚を訪ね、禅の神髄を学ぶ。

「日本橋の真中に臓腑をさらけ出して、恥ずかしくない」自己になりきれ、という言葉に出会う。この一言によって余は、自身を様々に悩まし、迷わせている存在を認識して、もがき苦しんで描けなかった絵を描くヒントを得るのだ。この境地は、那美さんが到達した禅の境地に、ほぼ近づいたと定義付けてよかろう。

那美さんは日露戦争に出征する久一さんを見送るために最寄りの駅に出かけて、偶然、離別した夫の顔を見て素の表情を表す。それを見た余は、小さな悟りを得て、絵を描く自信が湧く。『草枕』の最大の課題が解決するのだ。この要因となったのは、無論、大徹和尚の言葉である。

この章では、漱石の文明論も述べられている。ことに、鉄道の発展に懐疑的な論理を展開しているのは、興味を引く。漱石は西洋の文化を取り入れることについては肯定的だが、文明化については必ずしも支持していない。

# 後序

「序論」で触れたが、『草枕』の構成は、余の芸術論を展開する上部構造と、余の宗教哲学を論じている下部構造から成り立っている。漱石の思考では、余の芸術は、禅の思想、仏教哲学の土台の上に成立しているのだ。

そもそも余が那古井温泉に来た理由は、余の生業の画が描けなくなったからである。おそらく余には鬱の症状があって、かかりつけの医師から転地療養を勧められて、この鄙びた那古井の里にある温泉宿に来ることになったのであろう。当初の目的は、ゆっくりと湯に浸かり、田舎の道を散策して気晴らしをすることにあったのかも知れない。

だが、ここには那美さんという禅の修行をしている女将さんがいて、一本筋の通った振る舞いをする。余は彼女の禅の機鋒に興味を抱いて戦いを交えるが、悉く敗れてしまう。聞くところによると彼女は観海寺の大徹和尚のもとに参禅して己を磨いているらしい。これでは、太刀打ちできぬのも無理はない。そこで余もまた和尚を訪ねて貴重な言葉を与えられ、積年の鬱の雲が晴れて、画を描けるようになるのだ。余が本来の姿を取り戻せたのは那美さんとの出会いであり、大徹和尚の禅なのだ。このように余の画業の土台には禅の哲学がある。

漱石は『草枕』の中で、東洋の芸術は東洋哲学の影響を受けて発展したと考える。小説の前半で、彼自身の仏教思想が展開される。人の世を作ったものは、神ではなく向こう三軒両隣にちらちらする人であると言う。この世は、人と人との関わり（縁起）によって作られていると説く。仏教の縁起思想だ。さらに、陶淵明と王維の詩を記述して、彼らの詩と老荘思想、仏教思想の影響について紹介している。東洋の優れた芸術の土台に東洋哲学があることを見抜いているのだ。

小説の最後では、余は自身の禅機で那美さんの生の表情に出会うことによって、どうにか画を描ける気分になった。再生した余が最初に取り組むのは那美さんの画だ。彼女から彼女自身を描いてほしいと頼まれていたからだ。ここにも画と禅の関わりがあることを漱石は述べている。

『草枕』には、漱石の文明論も述べられている。小説の最後に汽車が登場する。これに対する漱石の批判も、彼を知る上で役立つ。以下は、汽車についての漱石の文化文明論である。彼は汽車と云う文明の利器の果たしている役割に必ずしも肯定的ではない。その理由は、近代文明にも個人の平等、個性、人権を踏みつける国家権力が働いていることを見抜いているからだ。

汽車程二十世紀の文明を代表するものはあるまい。何百と云う人間を同じ箱へ詰めて轟と通る。情け容赦はない。詰め込まれた人間は皆同程度の速力で、同一の停車場へとまってそうして、同様に蒸滊の恩沢に浴さねばならぬ。人は汽車に乗ると云う。余は積み込まれると云う。人は汽車で行くと云う。余は運搬されると云う。汽車程個性を軽蔑したものはない。文明はあらゆる限りの手段をつくして、個性を発達せしめたる後、あらゆる限りの方法によってこの個性を踏み付け様とする。一人前何坪何合かの地面を与えて、この地面のうちでは寐るとも起きるとも勝手にせよと云うのが現今の文明である。同時にこの何坪何合の周囲に鉄柵を設けて、これよりさきへは一歩も出てはならぬぞと威嚇かすのが現今の文明である。

何坪何合のうちで自由を擅にしたものが、この鉄柵外にも自由を擅にしたくなるのは自然の勢いである。憐むべき文明の国民は日夜にこの鉄柵に噛み付いて咆哮している。文明は個人に自由を与えて虎の如く猛からしめたる後、これを檻穽の内に投げ込んで、天下の平和を維持しつつある。この平和は真の平和ではない。動物園の虎が見物人を睨めて、寐転んでいると同様な平和である。檻の鉄棒が一本でも抜けたら――世は滅茶滅茶になる。第二の仏蘭西革命はこの時に起るであろう。個人の革命は今既に日夜に起りつつある。北欧の偉人イプセンはこの革命の起るべき状態に就て具さにその例証を吾人に与えた。余は汽車の猛烈に、見界なく、凡ての人を貨物同様に心得て走る様を見る度に、客車のうちに閉じ籠められたる個人と、個人の個性に寸毫の注意をだに払わざるこの鉄車とを比較して、――あぶない、あぶない。気を付けねばあぶないと思う。現代の文明はこのあぶないで鼻を衝かれる位充満している。おさき真闇に盲動する汽車はあぶない標本の一つである。

停車場前の茶店に腰を下ろして、蓬餅を眺めながら汽車論を考えた。（資料P174〜176より）

漱石は近代文明の働きに、人を物と同一視する非人情的な危険のあることを指摘しているのである。このように初期の漱石の作品には、西洋文明の持つ危険性に対する警鐘を鳴らす役割を果たしているものがある。これに対して、陶淵明と王維の詩には老荘思想、仏教思想の持つヒューマニズムがあり、無や空、無自性、縁起に支えられた人間の個を慈しみ包み込む大らかさがあって、漱石の感性を惹きつけているように思われる。『草枕』は、東洋思想の持つ奥深さが、文学、画、等の芸術を底辺から支えていることを指摘しているのではないか。

# あとがき

この本の上梓にあたり、お世話になった方々に感謝の言葉を述べたいと思います。資料として新潮文庫『草枕』（昭和二十五年十一月二十五日発行、平成二十八年十月五日〈一五一刷〉）を使用しました。新潮社にお礼を申し上げます。

この原稿の著者校正と読後の感想、表現の修正などの適切なアドバイスと励ましをくれた長男・公郁君にもお礼を申し上げたい。

出版に際しては、多大なご協力をいただいた風詠社代表の大杉剛氏、編集を担当された藤森功一氏にも感謝いたします。

なお、今後販売でお世話になる星雲社さんにも、あらかじめお礼を申し上げておきます。

**著者履歴**

1939年　福岡県生まれ
東京大学文学部卒業　アジア思想専攻
東京大学人文社会科学研究科修士課程修了　アジア文化専攻

著書
『のんびり生きろよちびっこ紳士 佃公彦の世界』西日本新聞社
『フジ三太郎の文化と人生哲学 ―サトウサンペイ論―』風詠社
『天台学者の浄土思想』中央公論事業出版
『三四郎と東京大学 ―夏目漱石を読む―』風詠社
『現在の新聞漫画を読む』風詠社
『「天台学」―仏の性善悪論―』風詠社
『「坊っちゃん」―夏目漱石の世界―』風詠社



「草枕」―夏目漱石の世界―

2021年6月16日　第1刷発行

著　者　竹本公彦
発行人　大杉　剛
発行所　株式会社 風詠社
〒553-0001 大阪市福島区海老江 5-2-2
大拓ビル 5 - 7 階
Tel 06（6136）8657　https://fueisha.com/
発売元　株式会社 星雲社
（共同出版社・流通責任出版社）
〒112-0005 東京都文京区水道 1-3-30
Tel 03（3868）3275
装幀　2DAY
印刷・製本　シナノ印刷株式会社



ISBN978-4-434-29082-4 C0095